ハーレクイン文庫

一夜の代償

ヘザー・マカリスター

岡　聖子 訳

JN286191

HARLEQUIN
BUNKO

Bedded Bliss

by Heather MacAllister

This edition is published by arrangement with Harlequin Enterprises II B.V.

Published by Harlequin K.K., Tokyo, 2006

一夜の代償

◆主要登場人物

ディー・アン・カレンブロック……カレンブロック産業勤務。
カトリーナ・カレンブロック……ディー・アンの祖母。
ジュリアン・ウェインライト……ベルデン・インダストリー副社長。
カーター・ベルデン……ベルデン・インダストリー社長。
ニッキー・ベルデン……カーターの妻。
ソーンダース……弁護士。

1

ディー・アン・カレンブロックは裸だった。

すっかり、まったくの、一糸まとわぬ裸だった。いくら頭がずきずきし胃がむかむかしていてもすぐに気づきそうなものなのに、一瞬、シーツをいつものコットンのナイトガウンと勘違いしてしまった。

しばらくしてやっと自分が裸だということに気づく。どういうことなの？　ディー・アンは目と口をぎゅっと閉じた。いいえ、まだ知りたくないわ。

このとき、部屋がぐらりと揺れた。いったいここはどこ？　渇ききったのどをごくりと鳴らして目をあけると、見覚えのない明るい黄色の壁がまず視界に入った。からだに巻きついているシーツは、黒と黄色と白の派手な縞《しま》模様だ。

まるで見たことがない。

ディー・アンはまた目を閉じた。人の声はしないかと耳をすます。リズミカルなかちかちという音と、かすかなしゅうっという音が聞こえる。でも、人の話し声はしない。それに、まだ部屋が揺れつづけているような気がする。

きっと流感にでもかかったのにちがいない。それにしても、これほどひどい流感ははじめてだ。ディー・アンは震えながら、シーツごと寝返りを打った。

と、シーツがするするとからだからすべり落ちた。苛立《いらだ》ってぐいとシーツを引っ張る。

誰かが引っ張り返した。

ディー・アンはぱっと目をあけた。ゆっくり……そうっと……慎重に、首をめぐらした。

すぐ左側に、男性の大きな背中があった。

すてきな背中だった。うっとりするような、男らしい背中。成熟した男性のほれぼれするような背中だ。なめらかで傷一つない肌におおわれた筋肉質の背中が、少しずつ細くなって引きしまった胴に続いている――そう、なんと、その男も裸だった。

ディー・アンが引っ張るのをやめると、シーツはさらさらと男の腰の上に落ちた。

誰なの？　困ったことに、男の顔は枕《まくら》の下に隠れている。こんな状況になってもおかしくないと思われる男性に、そうたくさん覚えがあるわけではなかった。とくに最近は、心当たりがない。いくら背中を見つめても、誰なのかわからなかった。

ほくろもなければ、傷も入れ墨も、なにもない。

思いだして、と痛む頭に命令する。結婚式。ガルベストンのプライベート・ビーチで行われた、カーター・ベルデンとニッキーの結婚式に出たのだ。そして、そのあとの祝賀パーティまで残って……新郎新婦のために乾杯し……。

記憶にあるのはそこまでだった。

思わずうめき声をあげそうになって、ディー・アンは唇をかんだ。誰が、いつ、どこで、なにを、どうしたのか、さっぱりわからない。でも、なぜ、という疑問に関しては、すぐそこに横たわっているすてきな背中を見れば、答えはあきらかだった。

必死の努力もむなしく、唇からうめき声がもれた。

男はぴくりとも動かない。正体を見きわめるなら、いまがチャンスだ。

シーツの端で胸をおおい、男ににじり寄って枕を少し持ち上げる。見えたのは、もじゃもじゃの黒い髪だけだった。もう少し高く持ち上げようとしたとたん、男が夢うつつでなにかつぶやきながらしっかりと枕を抱きかかえてしまった。

いいわ、ベッドの向こう側にまわろう。ディー・アンは服を探した。ひどく悪趣味な黒と黄色のカーペットの上にはなにもない。ベッドの下をのぞきこむと、ベッドの脚も横のドレッサーも床に作りつけになっていた。服はどこにも見あたらない。

狼狽《ろうばい》を抑えつけて、ディー・アンは男の上にかがみこんだ。シーツを歯にくわえ、両手で枕をつかんで一気に奪いとる。

「おい！」男は顔をしかめ、片手をこめかみにあてて、くるりとこちらをむいた。

「あなただったの？」ディー・アンは悲鳴のような声をあげた。

シーツが落ちる。

あわてて胸に枕を押しつけ、同じベッドに寝ていた男を恐怖の面もちで見つめた。

「う、痛っ。枕を返してくれよ」

「だめ！」

「大きな声を出さないでくれ」ひどい頭痛に見舞われている者特有のささやくような声で、彼は言った。目をつぶったまま手探りでシーツを引き寄せ、すっぽりと顔をおおってしまう。

無視はさせないわよ。ディー・アンはシーツをつかんで引き下げた。「ここでなにをしてるの？」

「平和に死のうとしてるんだよ」苛立ちをあらわにして、彼は手を伸ばした。「枕を返してくれ」返事がないので目をあけ、とたんにはっとからだを硬くした。「ディー・アンじゃないか？」

ディー・アンはますますきつく枕を握りしめた。

「いったいどうして……」と言いかけて、彼はふいに言葉を切ると、表情をやわらげて肘をつき、少しだけからだを起こした。わざとらしいほほ笑みを浮かべて言う。「おはよう」

「ジュリアン・ウェインライトと同じベッドにいるのに、おはようどころじゃないわ」

ジュリアンは目を細めて相手を見つめた。「おいおい。もうあの取り引きについてはお互い納得したと――」

「詐欺よ。あなたたちは私をだましたんだわ」

「いいかい、ディー・アン。こっちは適正な市場価格を申しでたんだよ。君が安すぎると思ったとしても、僕たちの責任じゃないよ」

「けだもの」

「断りたければ断ればよかったんだ」

「祖母のコーヒーショップを救うには、うん、と言うしかなかったわ」

「言っておくけど、あそこを僕たちに売ったのは、君のお祖母《ばあ》さんなんだよ。で、けっこうな利益を手にいれたはずだ」

「まさかあなたたちがあの店を壊してしまうつもりだとは思わなかったのよ！　絶対に許しませんからね、ジュリアン。絶対に」

ジュリアンはシーツを波打たせて肩をすくめた。「昨夜《ゆうべ》は、あんなに仲良くすごしたのにな」

「昨夜ですって……」ああ、思いだせさえしたら。「昨夜のことは、ほんとに胸がむかむかするくらいひどい、とんでもない間違いだったわ！」

「楽しくなかったのかい？」ジュリアンが眠気の残るぼうっとした声で言った。

「もちろんよ。だって、楽しかったことなんて、なんにも覚えていないもの」自分がやたらにつっけんどんな口のきき方をし、おそらくはひどい顔もしているにちがいないのに、ジュリアンのほうは声も顔つきもセクシーなことに苛立ちを感じてしまう。

「助かったよ」ジュリアンはほっとしたように言って、また仰向けに寝てしまった。

「どうして？　どうして、助かったなんて言うの？　なにがあったの？」答えを聞くのが怖かった。

ジュリアンが、さあね、というようにひらひらと手をふった。「まるで覚えてないよ」

きっと大変なことがあったんだわ。「いいえ、あなたは覚えてるわ。覚えているはずよ」

「どうして？」

「それは……それは、あなたが男で、私は女だからよ」

「なるほど、その支離滅裂な論理はまさに女のものだな」

「偉そうに言わないでちょうだい。その気になれば、どんな男にも負けないくらい論理的になれるのよ」

ジュリアンはあくびをした。「君に男性的な素質があることは疑ってないよ、ディー・アン。ほんとうに女性なのかどうか疑っているくらいだ」

男はいつだって有能な女性に対して脅威を感じるものだ。ビジネスを通して、それを何度も思い知らされてきた。なかでもジュリアンは、恋人としての彼を拒絶し、ビジネスではみごとに彼をだしぬいたディー・アンに腹を立てている。

確かにディー・アンの父親が祖母のコーヒーショップに感傷的な気持ちを抱いていたおかげで、ジュリアン側は多大な利益をおさめたのだが、それでもほんとうの勝利者はディー・アンだと二人ともわかっていた。

「典型的な男の反応ね。女に負けると、男は決まって女性的な特質をまるで欠点みたいにあげつらうんだわ」

「君には女性的な特質なんかないじゃないか」

ディー・アンはジュリアンの顔めがけて枕を投げつけた。あまりに腹が立って、自分がなぜ枕を胸に抱きしめているのか一瞬忘れてしまったのだ。

ジュリアンがからかうように眉を上げた。「前言をとり消すよ」

悔しさのあまり、ディー・アンはジュリアンのからだからシーツをはぎとった。

ジュリアンがさっと枕を腰に押しあてた。

ディー・アンはシーツをぐるぐるとからだに巻きつけた。ジュリアンがおもしろそうにそれを眺める。「自分で言ってる半分でも紳士らしさがあれば、私が服を着るまで外に出ていてくれるはずよ！」

「僕の服は――」

「知らないわ」

「ふうむ」ジュリアンがディー・アンを見つめた。

「なにを待ってるの？」

「バスルームは君の後ろだ。僕はこれからタオルをとりにそこへ行く。裸を見るのがいやなら、目をつぶっていたほうがいいぞ」

ジュリアンがベッドから出ようとするのを見て、ディー・アンは両手で顔をおおった。くすくす笑う声がした。「のぞき見するなよ」

「しないわよ」

「僕ならするけどね」足音がバスルームに近づいていく。「最後のチャンスだよ」

「さっさとして！」

「おやおや、君には好奇心がないのかい？　どうやらほんとうに愛の一夜を覚えていないみたいだな」

「愛の一夜――なんて――すごした――はずがないわ！」思わず舌をかみそうになる。

「僕の男らしいからだを見たら、思いだすかもしれないよ」

その提案には一理あった。ずきずきする頭には、ほかにいいアイデアも浮かんでこない。それに、心のどこかで、ジュリアンのほかの部分も背中や胸と同じようにすてきなのかどうか確かめたいという気持ちが動いていた。

でも、ほんとうは見なくてもわかっていた。ジュリアンは自分の容姿に自信を持っているのだ。

ディー・アンの目から見てジュリアンは魅力的な男性だった。そうでなければ、去年の冬にデートしたりはしなかっただろう。容姿が男性の一番重要な特質だと思っているわけではないが、子孫への遺伝ということも考慮する必要がある。そう、ジュリアンは申し分のない遺伝子を持っていた。ただ、残念なことに、子孫を残したいとは望んでいなかった。ディー・アンは夫となるべき男性、未来の子供の父親を探していたのに、ジュリアンは頑固きわまりない独身主義者だったのだ。子供を産める年齢がかぎられていることを思えば、時間をむだにはできなかった。

「ひとつ……ふたつ……」

ディー・アンはまず両手を顔からはずして、冷静で落ち着いた顔つきを装った。

そして、目をあけ、あっけにとられた。

ジュリアンがなんとも癪《しゃく》にさわるほほ笑みを浮かべて、バスルームの入り口に立っていた。

しかも腰にちゃんと黄色いバスタオルを巻きつけている。「やっぱり見たな」

「卑劣な人ね」

「少し元気づけてあげようと思ってね」

「こんなことで元気になんかなるもんですか。どこにいるかもわからないのに」

「蜜蜂《みつばち》号のなかだよ」

「蜜蜂号ですって？　あのベルデン夫妻のヨットなの？」

ジュリアンはうなずき、窓のカーテンをあけた。空と、波立つ海が見えた。

それで、ときどき部屋が揺れたんだわ。てっきり風邪をひいて熱でもあるのかと思っていたけど。

難しい顔でしばらく外を眺めてから、ジュリアンはディー・アンをふりむいた。「そうさ。ここは主人用の船室だ」

「じゃ、どうしてあの二人がここにいないの？」

「いい質問だ」

「いい答えの心あたりはあるの？」ほんとうは、あまり聞きたくなかった。

「ないね」ジュリアンは額をこすってまた窓の外に目をむけた。

揺れる波を見ただけで、胸がむかつく。「あの二人もこれに乗ってると思う？」ベルデン夫妻はたしかハネムーンに出ることになっていた。この船で。でも、なんだか乗っていないような気がする。

ジュリアンも同じことを考えているようだった。「少し調べてくるよ。その間に服を着るといい」

ジュリアンが出ていってしまってから、ディー・アンはつぶやいた。「でも、肝心の服が見つからないのよ」

シーツを巻きつけたまま小さなバスルームに行ってみたが、あるのはタオルだけだった。キャビンの真ん中に立って、これからどうしようかと考えているときに、ジュリアンが戻ってきた。

「僕たち二人だけだよ」

しばらく顔を見合わせてから、どちらからともなく視線をそらした。

「私の服はあった？」

「見あたらなかったよ」

「あなたの服は？」

「ない」

「まあ」ディー・アンはベッドに座りこんで外を見つめた。「何時かしら？」

「たぶん、一時を少しすぎたぐらいだろう」

「午後の？」

「そうらしいね」

こんなのって……信じられないわ。ジュリアンは深刻そうな顔でぼうっとこちらを見ているだけで、なんの助けにもなりそうにない。自分でなんとかしなければ。

「あなたの車はドックに停《と》めてあるの？」

「そうじゃないことを祈るね。まともな運転なんかできそうにないくらい酔っぱらっていたし、それに、どうも……」と、かすかに笑う。「ずいぶん長い間笑ったりふらふら歩いたりしていたような気がするんだ」

「私には想像もつかないわ。とにかくデッキに出てみましょうよ。ドックに服を脱ぎ捨ててしまったのかもしれないわ」ほんとうにそうならいいんだけど。「さあ、行きましょう」

動かないジュリアンをうながす。「外に服があれば、それを着て帰れるわ」

「ディー・アン――」

「私がこんな格好で外に出るとは思っていないようね」

「それだけシーツを巻きつけていれば、なんにも見えないよ」

「よかったわ」どんなに紳士ぶってみせても、ジュリアン・ウェインライトは本質的には紳士じゃない。でも、私は本物の淑女よ。このごろ少し淑女らしくない言動が人目についていたとしても。

ディー・アンは一流のデザイナーのドレスでも着ているかのように、つんと頭をあげて優雅にジュリアンのかたわらを通りすぎた。

「ディー・アン、外はドックじゃないんだよ」

ドックじゃない？「それじゃ、どこなの？」

ジュリアンが船窓の外の景色を指さした。「見覚えがあるかい？」

「海しか見えないじゃないの！」

「見わたすかぎりね」

「つまり、ここはメキシコ湾の真ん中だって言いたいわけ？」

「真ん中じゃないことを祈るけど、でも、そうらしいな。二人で操舵室《そうだ》に入ったのは覚えている。それに、エンジンをかけたのも」

「思いだしたわ！」どうやら多少は記憶が戻ってきた。「あなたが私に操縦させたのよ！」

「覚えているのはそれだけかい？」

「いいえ……石油掘削装置の明かりが見えて、とてもきれいだったわ。それから……あなたにキスされたんだわ！」

「そして、君もキスを返してくれた」

ジュリアンのキスの感触がよみがえって、ディー・アンの手が知らず知らずのうちに唇にふれた。いかにもジュリアンらしいキスだった。

すばらしいキス。ジュリアンのキスは〝もっとすばらしい快感〟への前奏曲というよりも、ただそれだけで官能的な刺激に満ちていた。そのあとにどんなことが続くかは、以前デートしたときによくわかっていたけれど。

ディー・アンはため息をついた。少なくとも、ジュリアンのキスのことは覚えている。ほかのことも全部思いだせたらいいのに。

ディー・アンはまたベッドに腰を下ろした。

「君もひどい頭痛がするのかい？」

「流感にかかったのかと思ったわ。あなたも同じだとしたら、きっと食あたりね」

ジュリアンがあっけにとられたような顔になった。「ディー・アン……僕たちは浴びるほど飲んだんだよ。手あたりしだいに、がぶがぶとね」

「あなたはそうかもしれないけど、でも私はお酒なんか飲まないわ」

「昨夜は確かに飲んでたよ」

「どうしてそんな失礼なことを言うの？」声が震えた。涙がこぼれそうだったが、いまはもうどうでもよかった。

たちまちジュリアンの態度が変わった。「ディー・アン、泣かないで。泣いている女性を見ると、蕁麻疹《じんましん》が出るんだよ。そうだ、キッチンに救急箱があるはずだ」ますます優しい口調で言う。「アスピリンをとってくるよ」

とうとうディー・アンの目から涙があふれだし、頬を伝った。

酔っぱらっていた、ですって。それほど情けない女だと思われているんだわ。そしてジュリアンがそう思っているとしたら、結婚式に出席していた人みんなが同じように考えているにちがいない。

いまごろはすっかり噂《うわさ》になっているだろう。みんなの声が聞こえてくるような気がした。〝かわいそうなディー・アン・カレンブロック。見てごらんなさい。まだカーター・

ベルデンのことが忘れられないのよ。捨てられたんですものね。まさに教会の祭壇の前で。彼が病気だからという話だったけど、あれからまだ二カ月もたたないうちに、こうして前の奥さんと再婚したのよ。今日ここに来るなんて、ディー・アンもずいぶん勇敢だけど、でも、ほら、かわいそうに、すっかり酔っぱらってるわ〟

ディー・アンは両手で顔をおおって、すすり泣きに身をまかせた。カーターとニッキーがうまくいくようにと、本心から願っていた。自分でもふしぎだが、ニッキーが好きなのだ。ニッキーのほうでも好意を持ってくれている。ニッキーに結婚を邪魔されたというのに、どういうわけか二人は仲のいい友だちになってしまった。ニッキーは頭が切れ、しっかり者で、仕事もできる。彼女と話をするのは楽しかった。

カーターのことは確かに好きだったし、いい妻になる自信もあった。でも、愛してはいなかったし、それは彼も同じだった。

ディー・アンはいままで誰も愛したことはないし、愛されたこともないのだ。

ディー・アンはますます激しく泣きじゃくった。

「これをのんだら、気分がよくなるよ」ジュリアンがそばに座るのがわかった。差しだされた水と一緒にアスピリンをのみこむ。「ありがとう」と言って、コップを返した。

必死に涙をこらえようとしたが、拭《ふ》いても拭いても涙があふれ、すすり泣きがとまらない。

「泣くのは嫌いなのよ」

「こっちにおいで」ジュリアンがささやいて、ディー・アンのからだに腕をまわした。

拒めなかった。泣いている女性を見ると蕁麻疹が出る男にしては、ジュリアンは最良の方法を心得ていた――つまり、なにもしないのが一番なのだ。彼はただ感情の嵐《あらし》がすぎ去るのを待ち、それからそっとディー・アンの背中を撫《な》でた。

「ごめんなさい」やっと口がきけるようになると、ディー・アンは謝った。「泣き虫の女が大嫌いなのはよくわかってるわ」

「そんなに自分を責めないで。君は間違いを犯した。でも、もう終わったんだよ」

「あなたはわかってないのよ」ディー・アンはジュリアンの腕を押しのけた。「二杯目のシャンペンさえ飲み終わっていなかったのよ」

「忘れてしまったんじゃないのかい？」

「いいえ。薔薇《ばら》のせいで鼻が詰まって気分が悪かったのよ」

「君のアレルギーは知ってるよ」ジュリアンは考えこむように眉を寄せた。「でも、僕たちは外にいたんだぞ」

「きっと結婚式の間テントのなかにいたせいだわ……とにかく、シャンペンを途中でやめて、海老《えび》とチーズを食べたの。帰ってしまえばよかったんでしょうけど、でも……」あとは黙って肩をすくめる。

「あれこれ噂されたくなかったんだな」ジュリアンが髪をかき上げた。

それに誘われるように、ディー・アンも自分の髪に手を伸ばした。フランス風の編み込みはとっくにほぐれて、細かい砂がたくさんついている。

「ほかにはなにか口にいれなかったかい？」

ディー・アンは首をふった。「いいえ、レモネードで抗ヒスタミン剤をのんだだけよ」

ジュリアンが目を丸くした。「バーのカウンターの横にあったレモネード？」

ディー・アンはうなずいた。「ほら、ピンクのレモネードの入ったピッチャーがあったでしょう？　きっとあとで出すつもりだろうと思ったんだけど、薬をのむために一杯もらったの」

「で、そのあとは何杯飲んだ？」

「一杯だけよ。わたしはそれほど卑しい人間じゃないわ。いえ、待って」はっと、ジュリアンの腕をつかむ。「そのときから、なんだかおかしくなったんだわ！　とても暑くて、もう一杯飲んで……あとは覚えてないわ」

ジュリアンがディー・アンの手をとった。優しいしぐさだと思ったのもつかの間、彼は脈をはかっていたのだ。「いまはどんな気分？」

「ひどい気分よ」

「ただひどいだけか？　それとも、死んでしまいそうにひどいのか？」

ディー・アンは手を引き抜いた。「生きのびるわよ」

ジュリアンはほっとしたようだった。「とにかく、これでわかったよ。君が飲んだのは、レモネードじゃなくてハリケーンだよ。アルコールを飛ばしてない生《き》のハリケーンだ」

「なんのこと？」

「ニューオリンズに行ったことはないのかい？　ハリケーンというカクテルだよ。表面に強いアルコール分が浮いている。パーティの最後を飾る演出さ。暗くなってから、グラスにいれたハリケーンに火をつけて配ってまわるんだ。もちろんそのときには、アルコール分の大部分は飛ばされてしまう。でも君は、生のまま飲んでしまったんだよ」

ディー・アンはあっけにとられた。

「失神しなかっただけでも驚きだよ」

「それじゃ、私、酔っぱらっていたのね？」

「そうですよ、お嬢さん」

「あなたは酔っぱらった女性を誘惑したのね！」

「頼むよ、議論はコーヒーを飲んでからにしよう」

「私は紅茶のほうがいいわ。できれば、カフェイン抜きで」

「カフェイン抜き？」ばかばかしいという顔で、ジュリアンが立ち上がった。「なんのためだ？　カップに半分だけ飲むわけにはいかないのかい？　完璧《かんぺき》に洗練された飲み物をそんなふうにだいなしにするのは納得できないね」

「朝起きたとき、カフェインに頼って頭をはっきりさせようとは思わない人間なのよ」

ジュリアンはあきれたように片手を上げた。「ディー・アン、君はとても魅力的な女性だと思うよ。どうやら僕は昨夜もそう思っていたらしい。でも、君が言うとおり、昨夜のできごとは間違いだったようだ」

「もちろんよ！」

「わかった。じゃ、全部忘れてしまおう」

たちまちディー・アンの気分がよくなった。ほほ笑みさえ浮かべることができた。「それが一番いいと思うわ」

二人は非常に礼儀正しく握手をした。

「ということで、そろそろ目覚めの飲み物をつくりに行こうか」

ディー・アンはジュリアンのあとからキッチンに入った。

「手伝いましょうか？」と、お愛想に声をかける。

「ああ。カップとスプーンとナプキンはそこに入ってる」ジュリアンが、折り畳み式のテーブルの横にある小さなキャビネットを指さした。

「よく知ってるのね」

「何度も乗ったことがあるんだよ。あの二人は、はじめの結婚のときからこれを持っていたんだ」

ディー・アンは巻きつけたシーツに邪魔されながら、黄色いカップを二つとりだした。カップをおこうとして、テーブルの上にあった青い紙をわきにのける。と、なんだか自分の名前が書かれていたような気がして、もう一度その紙に視線をむけた。

確かに書かれていた。スプーンを放《ほう》りだし、紙をとり上げて叫んだ。「ジュリアン！」

「どうした？」すぐジュリアンがそばに来た。

ディー・アンは口もきけずにただ紙を指さした。彼女とジュリアンの名前。そして、鳩《はと》とリボンとハートに囲まれた草書体の題字。

「結婚証明書だわ。私たちの」

2

「見せて」ジュリアンの指が書類の文字をたどり、一番下で止まった。彼は長い間じっとそれを見つめてから、走り書きの署名を指さした。「昨日の日付になっている」ディー・アンが書類を奪いとった。

二人は裸の肩と肩をふれ合わさんばかりにして、一緒に書類をのぞきこんだ。牧師か治安判事ののたくるような署名のすぐ下に、日付が書きこまれていた。ディー・アンは、昨夜《ゆうべ》の何時かにジュリアン・ウェインライトと結婚したことになっていた。ディー・アンはまじまじと日付を見つめた。まばたきしても日付は消えず、記憶は戻ってこない。

自分の結婚式を忘れるなんて信じられない！　それに花嫁が、いや、たぶん花婿も……いやがっているのに結婚式を強行する牧師や治安判事がいるはずもない。この証明書は絶対偽物だわ。誰かのいたずらよ。誰かが私をからかおうとしたんだわ。いったい誰なの？　こんな残酷なまねをした人は？

よく見ると、ディー・アンの名前はタイプで打たれているのに、ジュリアンの名前は手書きになっている。わかった、これはあのときのものだ。「これは確かに〝私の〟結婚証明書だわ」嫌悪感と屈辱感がわき上がる。「カーターとの結婚のために用意していたものよ。誰かが彼の名前を消して、あなたの名前を書きこんだんだわ」手が震え、紙が落ちた。「こんなひどい悪ふざけを思いついたのは、あなたなの？」

「僕はなにもしてないよ！」ジュリアンの顔はいつになく蒼白《そうはく》になっていた。

言葉よりも、その顔色で、ディー・アンはジュリアンを信用した。「じゃ、いったい誰が？」

「そりゃ、いくらでも考えられるさ。めでたいことがあると、みんな浮かれてしまうからな、アルコールが入れば判断力がなくなることもあり得る」ジュリアンがかすかな笑みを浮かべた。「昨夜の僕たちみたいに」

ベルデン夫妻の結婚式を〝めでたい〟と言ったジュリアンに、ディー・アンはショックを受けた。カーターがディー・アンと結婚しなかったのを、みんなは喜んでいるのだろうか？「あなたは判断力をなくしていたかもしれないけど、私の行動はアルコールと薬を一緒にのんでしまったせいなのよ」

短い沈黙が流れた。「そうだな」

「あなたのほうは言い訳できないでしょう？」

「ボブのせいだ」ジュリアンがうめくように言って首をふった。

「ボブ?」とんでもない名前が飛びだしてきた。どうもこのごろなにをしてもうまくいかない。「もしかして、カレンブロック産業の監査役のロバート・スミスのこと?」

「そうだ。裏切り者のボブのことだ」

「まあ、やめてよ」ディー・アンはわざと軽い笑い声をたてた。これは効果があったらしく、ジュリアンがむっとした顔になった。やったわ。「仕事を変えるたびに裏切り者呼ばわりされちゃ、たまらないわよ」と、肩をすくめる。「彼は抜け目なく出世の機会をつかんだだけよ」

ジュリアンは腕を組み、カウンターに寄りかかった。「わが社の犠牲の上に多大な利益を上げたんだ」

うちだってお金を払ったわ、という言葉は言わずにおくことにした。「ベルデン・インダストリーの人って、ずいぶん了見が狭いのね」

「そっちが引き抜いたんだぞ」

「彼がベルデン社の株を私たちに売ったことがわかったら、どうせすぐ首にしたんでしょう?」

「当然だ」ジュリアンが結婚証明書を拾い上げた。「あいつは金で動く男だ。必要ならいつでも買収できるし、その値段もわかっている。そう思うと、少しは心がなぐさめられるよな?」ちらりと証明書を見てから、またぽいとテーブルの上に放《ほう》りだす。

「ボブはうまく機会をつかんだだけよ。自分が酔っぱらったのを彼のせいにするなんて最低だわ」

一瞬、言いすぎたと思った。だがジュリアンはぐっと奥歯をかみしめただけで、キッチンのほうをふり返った。「君のお湯がわいているようだよ」

紅茶をいれてくれる気はないのだ。ディー・アンはテーブルの上の青い紙には見むきもせず、カップを持って移動した。

カフェイン抜きの紅茶どころか、ティーバッグの紅茶しか見あたらない。どうやらベルデン夫妻は紅茶好きではないらしい。しかたなくティーバッグをお湯にひたした。

「レモンはいる?」ジュリアンの冷淡な声がした。

「まあ、あるの?」レモンがあれば、ずいぶんましになるわ。

小型冷蔵庫をあけたジュリアンが、緑色のふたのついた黄色いプラスチックのレモンを差しだした。

ディー・アンは目を閉じて、その恐ろしいものを視界から締めだした。ベルデン夫妻は未開人にちがいない。でも、なにもないよりはましかしら。ディー・アンは黙ってプラスチックのレモンを受けとった。

だが、結局は、合成のレモン汁のなんとも妙な味を消すために、紅茶をうんと濃くしなければならなくなった。

ジュリアンはコーヒーを飲みながら、また考えこむような表情を浮かべてディー・アンを眺めていた。「君はなにかとうるさい人なんだね」

「うるさいというのが、一定の基準にこだわるという意味なら、そうよ、たぶんうるさいと思うわ」

それを聞くとジュリアンは、彼にしてはめずらしく腹を抱えて笑いだした。「シーツを巻きつけて座ってるくせに、よく言うよ！」

ディー・アンは背筋を伸ばした。「あなたにはシーツに見えるかもしれないけど、これは――東南アジア風の衣装なのよ」

ジュリアンはばかばかしいというように鼻を鳴らした。「つまり、昨夜の君は服を着たまま寝たってことだな」

ディー・アンがあまりにも乱暴にカップをおいたので、紅茶がはね、結婚証明書を濡《ぬ》らした。「どうしてそんなに意地悪なことばかり言うの？」

「僕一人が悪者みたいに言われているのがおもしろくないからさ。君は自分だけいい子になってるじゃないか」

「少なくとも、かわいそうなボブに罪を着せようとは思わないわ！」

「僕に酒を飲ませたのは、あいつなんだ！」

かっとなったジュリアンは、タオルを腰に巻いただけの格好でディー・アンの前に立ちはだかった。

むきだしの胸が上下するようすとなめらかな腹部の筋肉に、ディー・アンの視線が引きつけられた。贅肉《ぜいにく》一つなく引きしまっている。いやでもそう認めないわけにはいかなかった。スーツの線をだいなしにするような余分な筋肉はいっさいついていない。

背が低くて腹の突きでたボブの体形と頭のなかでくらべてみる。「どういう意味なの？あなたを押さえつけてむりやりお酒を口に流しこんだの？」

「違う」ジュリアンは唐突にディー・アンの向かい側の椅子に座った。

二人とも意識的に結婚証明書から目をそむけた。

「ボブはワイン造りに凝っているんだよ。で、一ケース持ってきて、僕に全部味見して、どれがおいしいか言ってくれって頼むんだ」

「ほらね？　あなたの舌ってずいぶん信用されているんだわ。喜ぶべきよ」

ジュリアンがものすごい目でにらんだ。「まだ飲めるような代物じゃなかったよ。早すぎたんだ」

「でも、一応飲んではみたんでしょう？」

「ほかにどうすればよかったんだい？　いったん口にふくんで、それからあいつの足元に吐き散らしてやればよかったとでも言うのかい？」

「ばか正直に全部飲まなくても、なんとかごまかしようがあったでしょうに」

ジュリアンはため息をつき、目をつぶってコーヒーを飲んだ。「頭ががんがんするよ。ボブのワインの効き目はものすごい」

「どれくらい飲んだの？」

「あいつの気分がよくなり、僕の気分が悪くなるくらいさ」

「ずいぶんと崇高な行為ね」

ゆっくりとジュリアンが目をあけた。「そうさ、まったくそのとおりだ」

「私に関してはその崇高さを発揮してもらえなくて残念だわ」

今度こそ、やりすぎた。そうわかっても、やめることはできなかった。私、どうなってしまったのかしら？　どうしてジュリアンに文句ばっかり言ってるの？　広いメキシコ湾をたった二人で漂っているというのに、そのうちの一人を怒らせてどうするつもり？

ジュリアンの目は嫌悪に冷たく光っている。彼はディー・アンを憎んでいるのだ。でも、それはとっくにわかっていた。失敗に終わったが、乗っ取りを企てて、ベルデン・インダストリーの会議室のテーブルについたときからわかっていたのだ。

問題は、うわべだけはずっと紳士的だったということだ。お互いに、恐ろしいほど礼儀正しく接してきた。

でも、ジュリアンの心の底は違っている。彼よりもカーターのほうを選んだディー・アンを許せないのだ。確かに、もう少しうまく別れられればよかったのだろうが、ジュリアンはいろいろな女性とつきあっていたし、結婚する気などないのは周知の事実だった。一方、ディー・アンは結婚したかった。だから、二度デートをしたものの、ディー・アンとしては、ジュリアンが自分にそれほど強い関心を持っているとは思いもしなかった。

残念ながら、その関心ももうなくなっているようだ。

つぎにジュリアンの言った言葉が、それを裏づけた。結婚証明書をつまみ上げて、こう言ったのだ。「これがなにを意味しているかわかるかい？　酔っぱらってでもいないかぎり、君と結婚する男はいないってことだよ」

「いいえ、酔っぱらっているときでなければ、あなたとは結婚しないってことよ！」ジュリアンの言葉は、ディー・アンの一番の弱点を衝《つ》いた。結婚しようと言ってくれる男性には一生出会えないかもしれないという思いが、ディー・アンを脅かしている。時間はどんどんすぎていく。もう三十一歳だし、真剣に夫探しを始めてから三年もたってしまった。数少ない候補者は品切れに近くなっている。カーターとの婚約解消のあとのこの騒ぎで、もうガルベストンでのディー・アンの名誉はだいなしだ。

ガルベストンですって？　冗談じゃないわ。きっとこれでテキサス州の独身男性は、みんな私を避けて通るわ。

要注意の女性の名前をならべたブラックリストが、目の前に浮かぶ。そのなかでも、ディー・アンの名前には星印がついている。〝避けること。夫と子供がほしくて死に物狂いになっている〟

だが、こんな思いをジュリアンの前にさらけだすくらいなら、未婚のままで死んだほうがましだ。ディー・アンは紅茶をすすった。

熱い。舌を火傷《やけど》してしまい、目に涙があふれる。なんてことかしら。きっとジュリアンは、また私が泣きだすんだと思ってるわ。いっそそのほうがいいかもしれない。

「正直に言えよ、ディー・アン。名前を書きこむばかりになった結婚証明書を持ち歩くくらい、結婚したくてしょうがないんだろう」

「違うわよ！」

ジュリアンが紙を揺すった。「これが証拠だ」

「証拠？　証拠って言った？」ディー・アンは紙を引ったくった。「証拠を見せてあげるわ」シーツの裾《すそ》をつかみ、デッキに出る階段を駆け上がった。

「どこへ行く？」ジュリアンの声が聞こえた。

返事もしない。

これほど腹が立ったことはなかった。父親につきそわれてバージンロードを歩いている最中に、ジュリアンたちがカーターを連れだして結婚式をだいなしにしたときにも、これほどの怒りは感じなかった。

そんなに死に物狂いに夫を探したりはしていないし、そんなふうに思われたくもなかった。歯がガちがち音をたてて鳴るほど、腹立たしかった。ディー・アンは手すりに走り寄り、結婚証明書をびりびりに引き裂いて海に飛ばした。

せっかくドラマチックな行動に出たのに、風が紙切れをデッキに舞い戻したり、ヨットの横腹に貼《は》りつけたりしてしまう。

「ディー・アン！」青い紙切れがひらひらと舞うなかに、ジュリアンが姿を現した。

「ほら！　きれいさっぱり離婚したわよ！」くるりとふりむいたとたんにシーツの裾を踏んでふらついたが、すぐに立ち直って、差しだされたジュリアンの腕をふりはらった。

「ほっといてよ！　私のことを気にかけてるなんて思われたくないんでしょう」

デッキに舞う青い紙屑《かみくず》を、ディー・アンは一つまた一つとつかまえた。

「なにをしている？」

「証拠を消してるのよ」また二つ。半分ぐらいはデッキに戻ってきているようだ。

シーツが邪魔だった。ディー・アンは裾を腕にかけて手すりに近づいた。ジュリアンがおもしろそうに眺めているが、気にはしない。

腕を上げた。と、そのときある記憶がひらめいた。一瞬ためらい、それから手のなかの紙切れを海にむかって放り投げた。前にも、これと同じことをしたような気がする。それも、つい最近。

「大変！」両手を口にあて、愕然《がくぜん》とした顔でふりむく。「思いだしたわ！」

「なにを？」

「私……私たち……」と、海を指さす。

「なんだい？」ジュリアンが海からディー・アンへと視線を動かした。

「夢だったのかもしれないけど。ここに立って……そして……そして……」

ジュリアンが、ゆっくりと手すりに歩み寄った。「夢じゃないよ」

「じゃ、ほんとうに服を海に捨てちゃったの？」ディー・アンはうめいた。

「僕の服もね」

「まさか！」

「ほんとうさ」

「ああ、なんてことかしら」脚がふらつき、そばの鉄塊に座りこむ。「なにを考えていたのかしら？」

ジュリアンが咳払《せきばら》いした。「話しているうちに、〝淑女〟という言葉が出てきてさ、君はそれが自分にふさわしくない言葉だということを証明してみせたんだ」

「私にぴったりの言葉じゃないの！」

ジュリアンがにやりと笑った。「昨夜は違ったようだよ」

その口調がディー・アンに疑いを抱かせた。「あなたは全部覚えているのね？」

「まあね」

ジュリアンは詳しく話そうとはしなかったし、ディー・アンのほうも、はっきり聞きたいとは言いきれない気分だった。

まさに人生最悪の日だわ。

ジュリアンが手すりに寄りかかって海を見下ろした。落ち着いている、というより、なんだか思い出にひたっているような顔つきだ。風で乱れた髪が魅力的だ。無精髭《ひげ》さえあごに陰影をそえて、整った顔をよけいすてきに見せている。

風が、腰に巻いたタオルの縁をはためかせている。ディー・アンの座っている角度からはなにも見えないが、思わずさまざまなことを想像してしまう。

でもこんなこと、絶対に口にはできないわ。

そんなことを考えているディー・アンをからかうように、また結婚証明書の切れ端が足元で躍った。拾おうとしたとたん、風が切れ端を手の届かないところへ運んでいく。ディー・アンはデッキに膝をついて金属の塊の下に手を伸ばした。

「なにをしている?」

「まだ証拠が残っていたのよ」

「ディー・アン……」ジュリアンのため息が聞こえた。「心配しなくていいよ。君の気持ちはもうよくわかった」

昨夜の痕跡《こんせき》をすっかり消してしまうまではだめよ。ディー・アンは立ち上がって塊の後ろにまわりこんだ。「この下に入っちゃったのよ」

「僕がやってみるよ」ジュリアンがそばに来た。

そのまま動く気配がないので、ディー・アンは問いかけるように彼の顔を見上げた。

「これは錨《いかり》だよ。錨の下に入ってしまったんだ」

ひどくショックを受けているようだ。

ディー・アンは立ち上がった。「錨でもなんでもかまわないわよ」

「どうして錨が海のなかじゃなくてデッキにあるのか、考えてみろよ」ジュリアンはそう言い捨てると、ディー・アンに考える暇を与えておいて操舵《そうだ》室にむかった。

「流されてるってこと？」ディー・アンは口のなかでつぶやいた。「ジュリアン、このヨット、流されてるの？」あわてて彼のあとを追う。

「そうらしいな」

暑い盛りなのに、ディー・アンのからだが震えた。「ここはどこなの？」自分も狭い操舵室に入りながらきく。

「わかるわけがないじゃないか」

「いろいろ装置があるじゃないの。これなんか、なにかわからないの？」青い数字が点滅している装置を指さして言う。

「147・435」ジュリアンが読み上げた。

「で、どういう意味なの?」

「まるっきりわからない」

わからないですって?「ふざけないで。いまはそんな気分じゃないのよ」

ジュリアンは大きく息をすって、空を見上げた。「ふざけてなんかいないよ」

二人の目が合った。ディー・アンの耳に、波の音と自分の鼓動が聞こえた。「どうしたらいいの?」

「地図か海図か、なんだか知らないけど、そんなようなやつを探すんだ」

反論するほどの気力はなかった。「海図の読み方がわかるの?」

ジュリアンの目は陰鬱《いんうつ》だった。「いや。君は?」

「わからないわ」

「ということは、二人で一緒に研究するしかなさそうだな」弱々しげな笑みを浮かべて言う。

ディー・アンの頭はくらくらしてきた。「ヨットのことはなにも知らないの?」

「ほとんど知らない」ジュリアンが無線機をいじりながら言った。

「だけど、前にもこれに乗ったって言ったじゃないの。何度もって」

「君だって飛行機に乗ったことはあるだろう? で、飛行機の操縦の仕方を知ってるのかい？」

正論だ。ディー・アンは海図を探した。筒型に丸められている海図が目に入った。「これだと思うわ。ラベルがついてるもの」

「メキシコ湾の海図を探してくれ」

ディー・アンは冷えきった指で海図をめくった。「イースタン湾、ウェスタン湾、フロリダ湾……」

「メキシコ湾は？」

ない。でも、ふと見ると、無線機の横に海図帳がある。ゆっくりとディー・アンはジュリアンのからだごしに手を伸ばし、その海図帳を指で叩《たた》いた。

ありがとう、とも言わずに、ジュリアンは海図帳をつかんでページをめくりはじめた。

「ディー・アン、図書室に行って、海図帳の読み方の手引き書みたいなものがないかどうか見てきてくれ」

「『初心者の操縦術』とかそういう本のこと？」

ジュリアンが視線を上げた。「『裸で漂流するための方法』という本でもあればべつだけどね」

「あったらおもしろいわね」ディー・アンは階段を上がりはじめた。「少なくとも飛行機に乗ってるわけじゃないから、墜落の心配をする必要はないわ」

「そうだな」ジュリアンは海図と装置とを見くらべながら言った。「でも、なにかに追突して沈没するかもしれないぞ」

ジュリアンと一緒に無人島をさまよっている光景が脳裏に浮かび、ディー・アンは先を急いだ。

だがデッキの下に下りると、まず着るものを探すことにした。サイズは違うが、ニッキーの服がたぶんどこかにあるはずだ。ディー・アンのほうが十センチほども背が高いし、胸やヒップもやはり同じぐらい大きい。それを思うと、少し気分がよくなった。

でも、ヒップが大きいのが、いまの場合は運のつきだった。寝室の引き出しで見つけたショートパンツは、どれもファスナーが上がらない。いつまでこんなみじめな思いをしなくちゃいけないのかしら？

いや、必死に探したあげく、やっと水着のボトムが見つかった。

黄色と黒と白のストライプ模様の水着。

「ああ、ニッキー、まったく……あなたって人は」蜜蜂《みつばち》号のいたるところに使われている色を、そっくりそのまま縞《しま》模様にした水着だ。ほかに好きな色はないのかしら？

でも、よく見るとそのボトムはほかのショートパンツよりもずいぶん大きい。両手で引っ張ってみる。

「ゴムが伸びてしまっているんだわ。こんなのとてもじゃないけど……」でも、どうする？　裸のままでいるの？

もしヨットの動かし方がわからないうちに沈没してしまったらどうなる？　シーツにくるまったまま泳ぐ？　きっと途中でとれてしまうわ。そしたら、ほんとうに裸になってしまう。

しかたなく、そのボトムをはいてみた。入ることは入るが、下腹がむきだしだ。

また引き出しをかきまわして、水着のトップとトランクスを見つけた。にやにやしながら、トランクスをベッドの上に放りだす。ジュリアンもこの間の抜けたトランクスをはくしかないんだわ。

ジュリアンが蜜蜂模様のトランクスをはいた姿を想像すると、愉快でたまらなかった。そのおかげで、ビキニのトップをつけて鏡をのぞいたときのみじめな思いが、多少はやわらいだ。

ニッキーの水着のトップは、ゴムが緩んでいても、ディー・アンの豊かな胸を包むにはまだ小さすぎた。

なんだか猥褻《わいせつ》な感じだった。まるで安っぽい娼婦《しょうふ》みたいだ。

「なかなかいいね」戸口で声がした。

はっとしてふりむきながら、水着からはみだしそうな胸を手で隠そうとしたが、むだだった。

「最先端のファッションだな」ジュリアンが部屋に入ってきた。

彼の歩調に合わせるように、ディー・アンはじりじりと後ろに下がった。「少なくとも、シーツを巻きつけているよりはましだわ」

「まったくだ」

「よだれが出てるわよ、ジュリアン」

ジュリアンはにやりと笑って歩を進めた。「僕たちはどうして憎み合っているんだろうな？」

「私は憎んでなんかいないわ」後ずさりした拍子にベッドにぶつかって、バランスを崩し、そのまま座りこむ。

「ますますいいな」ジュリアンの目はディー・アンの胸を追っている。

ディー・アンは屈辱を感じると同時に……ふしぎな興奮を覚えた。記憶にあるかぎり、これほどあからさまな欲望を浮かべて見つめられたのははじめてだった。

期待と関心の視線なら、覚えはある。魅力的な女性だという自覚はあったし、いつも上品で洗練された装いをするように心がけていた。すると、同じように上品で洗練された服装の男性が注目するのだ。たとえば……。

「ジュリアン！」

ジュリアンがディー・アンの隣に座って、少しずつにじり寄ってきた。近すぎるわ。

「なんだい？」とささやきながら、ディー・アンの首筋に唇をつける。

ディー・アンはぱっとからだを離した。「なにをしてるのよ？」

「キスしてるんだよ」ジュリアンはディー・アンのあごをとらえ、そのわきに唇をつけた。

唇は少しずつ首筋へと下がっていく。どこを目指しているのかはわかりきっていた。

「ジュリアン」ディー・アンは身をよじって彼から離れた。「どうしてこんなことをするの？」

「君がすごく……魅力的だからさ」と、じっと目をのぞきこむ。

ディー・アンのからだから力が抜けた。

視線をはずさないままに、ジュリアンはゆっくりとあごから首筋へと指をすべらせ、激しく脈打っている肩のくぼみにふれると動きを止めた。

満足そうにほほ笑む。

ディー・アンはごくりとのどを鳴らした。呼吸が荒くなる。ジュリアンの視線の熱烈さに魅入られたように身動きができない。

また指が動きだし、胸の谷間で止まる。そして、はじめてジュリアンは視線を胸にむけた。手の甲でそっと撫《な》でる。それからさらに下へと手をすべらせながら、彼はまたディー・アンの目を見つめた。

ディー・アンは怒りがわき上がるのを待った。なのに、なぜかからだのずっと奥で柔らかくほどけていくものがある。「私に……ふれてるのね」ジュリアンに、というより自分にむかってささやく。

ジュリアンもささやきを返した。「君も僕にさわってごらん」

挑戦であると同時に誘惑の言葉だった。ディー・アンはまだ彼の魔法にとらえられたままだった。ためらうことなく、そっと指で彼のあごにふれ、くすぐったいようなざらざらした感触を味わう。それから、耳。ジュリアンの耳はすてきだ。

ジュリアンがその手をとって手のひらに唇をつけてから、自分の胸へと導く。

彼の胸も、ディー・アンの胸と同じくらい激しく高鳴っていた。うっとりとしてその激しさを味わっているうちに、少しずつ鼓動が落ち着いてきた。

顔を上げると、ジュリアンが濃いまつげの下からじっと見つめていた。ディー・アンはからだの奥に目ざめた衝動に突き動かされて、彼の胸に唇をつける。

両手で彼の胸のなめらかな肌を撫でながら反応をうかがった。

ジュリアンがそっと息をもらした。「ディー・アン……」両手で彼女の顔をはさみこみ、問いかけるように見つめる。

答える暇はなかった。

「蜜蜂号、応答せよ！」割れるような大きな声が響いた。

二人はぱっとからだを離した。「あれは、なんなの？」ディー・アンが叫んで、ジュリアンの腕にしがみついた。

「黙って」ジュリアンが、しっ、というように片手を上げた。「ほかの船が近くに来てる」

あの大きなエンジン音に、どうしていままで気づかなかったのだろう？

「こちらは沿岸警備隊だ」声が響きわたった。「いまからそちらに乗りこむぞ」

3

「ジュリアン、沿岸警備隊ですって！」ディー・アンがますますきつくジュリアンの腕を握りしめた。

「聞こえたよ」ジュリアンはその指を引き離した。「最悪のタイミングだな」

「どうして？」ついに試練が終わると思うと、嬉《うれ》しかった。「これで助かるのよ」

ジュリアンがからだを寄せた。ほほ笑みは親しげで、腕は温かかった。「助けられたくないような気もするよ」

ディー・アンは必死にからだを離した。「冗談言わないで！」

ジュリアンがため息をつく。「冗談じゃないよ」

「蜜蜂号《みつばち》」声が、ますます大きくなった。「乗りこむぞ」

「怒ってるみたいだわ」救助に来てくれた人を怒らせたくはない。「どうすればいいの？」

「デッキに出て迎えるのがいいんじゃないかな」ジュリアンは立ち上がって、舷窓《げんそう》から外をのぞいた。「ほんとうに沿岸警備隊ならね」

「ほかに誰が来るっていうの？」

「海賊さ」

ディー・アンは、彼がにやりとするか、大声で笑いだすのを待った。ジュリアンは笑わなかった。それどころか、ディー・アンが不安になるほど大まじめな顔で、部屋のなかをうろつきはじめた。

「なにをしてるの？」

「身を守るものを探しているんだよ」

「どんな？」

「そうだな、バットとか、ナイフとか」ジュリアンの目が鋭くなった。「ピストルがあればいいな」親指と人差し指で拳銃《けんじゅう》の形を作り、窓にむける。「ばん！」

「ふざけないでよ」こんなジョークはおもしろくもなんともない。だいたいいつだって、彼のジョークはおもしろくないのだ。

「ふざけてなんかいないさ。このあたりは、ほんとうに海賊が出るんだよ」

「ほんとうなの？」いや、ジュリアンの態度も口調もどうもおかしい。「十八世紀の話をしてるの？　大砲と刀を持って、義足と鉤《かぎ》の手をつけた海賊？」

「たいていは銃を持って、もっとひどい格好をしてるよ」ジュリアンはあちこち角度を変えて舷窓から外をのぞいていたが、やがて納得したようにうなずいた。「海賊旗じゃないな。沿岸警備隊だ」背中をむけながら、つけ加える。「なんだかあまり友好的な雰囲気じゃなさそうだよ」

「どうして？」ひどい格好を少しでもましに見せようと、ディー・アンは指で髪を梳《す》いた。またシーツを巻きつけたほうがいいだろうか？

「虫の知らせさ」ジュリアンは考えこむような表情になった。「落ち着くんだよ、いいね？　あわてて行動しちゃいけない」

「私をなんだと思ってるの？　さっきはちょっとばかなまねをしたかもしれないけど、私はいつもあなたが相手をしている頭の空っぽな女とは違うわ」

ジュリアンの視線がディー・アンのからだをなめまわし、まるで愛撫《あいぶ》されているような感覚を引き起こす。一瞬うろたえた彼女にむかって、ジュリアンは言った。「さあ、行こう」

階段を上がりはじめたジュリアンの背中にむかって、ディー・アンは叫んだ。「ジュリアン、タオルを巻いただけで出ていくつもり？」

「ほかに着るものがあるのかい？」

「ほら」と、蜂蜜色のトランクスを放《ほう》る。

それを片手で受けとめると、ジュリアンは後ろをむいてタオルをとり、はいてみた。なんてディー・アンは口をぽかんとあけたままベッドのかたわらに立ちつくしていた。なんてすてきなの。これって不公平だわ。

「さあ、行こう。きっともう乗りこんできてるぞ」

「私……私……」ディー・アンは引き出しをあけると、とにかく最初に目についたTシャツを引っ張りだして身につけた。ジュリアンはさっさと行ってしまった。待ってくれてもいいのに。

デッキに出たとたん、制服姿の男がジュリアンに銃を突きつけているのが目に入った。唖然《あぜん》として足を止めると、べつの男が優しさのかけらもない態度でディー・アンの腕をとり、戸口から引き立てた。

「待ってよ。いったいなにごとなの？」

ジュリアンはこちらを見もしない。

「こっちへ来なさい、お嬢さん」男がジュリアンから離れた場所を示した。

すぐ言われたとおりにしたが、脚が震えていた。

「乗っているのはこれだけか？」

「そうだ」ジュリアンがひどくそっけなく答えた。

「どうして銃なんかむけるの？　ただ操縦の仕方がわからなくて、流されていただけなのよ」抗議しながらも、男たちの深刻そうな表情が気になる。

「このヨットは盗難届けが出ている」

「盗難届けですって?」

「なにも言うんじゃない、ディー・アン」ジュリアンが厳しい顔でにらんだ。

いったいなんなの? どうしてちゃんと説明しないの? 銃を突きつけられるのが嬉しいの?

私は嬉しくなんかないわ。「このヨットは盗まれたりなんかしてません。私たちが乗ってるんです」

男がペンをとりだして近づいてきた。「お嬢さん、あなた方二人がこのヨットを海に出したと認めるんですね?」

ばかげた質問だ。そうでなければ、どうしてこんなところにいると思っているのだろう? でも、男はひどく沈鬱《ちんうつ》な顔でペンを構えたままだ。悪いことにディー・アンは、いつどうやって蜜蜂号を出したのか、あまりよく、いや、ほとんど全然覚えていなかった。実際に動かしたのはジュリアンなのだろうが、だからといって、ディー・アンが昨夜《ゆうべ》の無分別な航海になんの役目もはたさなかったとは言いきれない。「ええ、たぶんそうだと思います」見ればわかるでしょ。「でも、全然覚えていないんです」

「ディー・アン!」ジュリアンの非難するような声が響いた。

ディー・アンは憤然として彼をにらんだ。「ジュリアン、早く誤解をといてしまえば、それだけ早く陸に戻れるのよ」そう言ってから、また沿岸警備隊員のほうをむく。「電話でも無線でもなんでもいいから、とにかくカーター・ベルデンに連絡をとってもらえれば、ちゃんとわかることです」

「そのベルデン夫妻から盗難届けが出てるんです」

「まったく、なんてことかしら」

制服姿の男がまた一人現れた。「ほかには誰も乗っていません」

「密輸品は?」

「見あたりません」

ディー・アンに話しかけていた隊員がちらりとジュリアンを見た。ジュリアンのほうは石になったように前を見つめたまま動かない。

「お嬢さん、名前は?」

「ディー・アン・カレンブロックです」そう言いながら、ほんとうはディー・アン・ウェインライトなのかしら、と考えたが、ここでそれを言う気にはなれなかった。ますます話が混乱するだけだ。

「で、そちらは?」

ジュリアンが口を開いた。「弁護士の立ち会いがなければ答えることはできない」

「ジュリアン!」どうして必要もない抵抗をするの?「この人たちは仕事をしているだけなのよ」ディー・アンは隊員に言った。「この人はジュリアン・ウェインライトです」

ジュリアンがうめいた。

「ふだんはこんなに気難しい人じゃないんです。ただ、その、昨夜あまりよく寝ていないので」

「わかりました、お嬢さん」

「ディー・アン！」

ジュリアンの声に、ディー・アンは困惑した視線をむけた。いつもの如才ないジュリアンとはあまりに違いすぎる。

「お嬢さん、身分証明書をお持ちですか？」

ジュリアンの不機嫌さの埋め合わせをするように、にっこりと笑ってみせる。「バッグのなかです」

「バッグはどこですか？」

「ええと……どこかしら……」バッグも海に投げこんでしまったのだろうか？

男たちが顔を見合わせた。蜜蜂号を捜索したほうの男が首をふった。

「ほかには？」

一瞬、結婚証明書を破り捨ててしまったことを後悔する。「ありません」

このときはじめて、ジュリアンの警告を無視したのは早計すぎたかもしれないという思いが浮かんだ。そっとジュリアンに視線を走らせる。

ジュリアンが作り笑いを浮かべた。

「では、あなたの身分証明書は？」

ジュリアンは答えなかった。私も黙っていればよかったわ。

隊員がため息をついて報告書を閉じた。「あなた方を逮捕します」

「逮捕？　どうして？」ディー・アンは唖然とした。

「蜜蜂号を盗んだ容疑です」

「盗んだりしてません！　ただ借りただけです」

ジュリアンがまたうめいた。

「ベルデン夫妻に借りると言うのを忘れたようですね。あなた方には黙秘の権利が……」

ミランダ警告を復唱する隊員の声を、ディー・アンは蛇に魅入られた蛙《かえる》のような気分で聞いていた。

ばかげてるわ。どうして誰もカーターに連絡しないの？

それとも、これは彼の復讐《ふくしゅう》なの？

でも、もうとっくに復讐はすませたはずだ。いまはいい友だちになったのに。

「信じられないわ」デッキの椅子に連れていかれながら、ディー・アンはつぶやいた。二人を椅子に座らせると、警備隊員は操舵《そうだ》室に入った。

ジュリアンが絞め殺したいとでもいうような目でディー・アンをにらんだ。

ディー・アンは、この苦境が全部自分の責任だと認める気はなかった。協力を拒否したって、結果は同じだったにちがいない。

ガルベストンに帰る道中、ディー・アンは沈黙を守っていた。どれくらい遠くまで流されていたのか、あとどれくらいで着くのかきいてみたかったが、やめたほうがいいと判断したのだ。どちらにしても、水平線のあたりにぽつりと陸が見えていた。

ジュリアンは怒っていた。からだ中から怒りを発散している。

少しは落ち着いたかもしれないと、ディー・アンはときどき彼のほうを盗み見した。何度目かにそうやって横目を使ったとき、ふと妙なことに気づいた。

二人は蜜蜂色の布を張った椅子に座っている。同じ生地で作ったトランクスをはいているジュリアンは、脚さえ見ないようにすれば、まるで腰から下がなくなってしまったみたいに見えるのだ。

そのおかしさを教えてやろうとしてジュリアンの腕を軽く叩《たた》いたが、こちらをむいた冷たい目を見てやめてしまった。かわりに、心のなかでそのトランクスをはいたカーターの姿を想像して楽しむ。ディー・アンの知っているカーター・ベルデンなら、これをはくのをいやがるはずだ。

時間がたつにつれて、気分はよくなってきた。でも、今度はのどが渇き、それにおなかもすいてきた。日焼けもひどくなりそうだ。

　三十分ほどすると、蜜蜂号のむかっているマリーナがはっきりと見えてきたが、まるで見覚えのない場所だった。

「あそこは蜜蜂号のマリーナじゃありませんよ」ディー・アンは言った。

「あれは警察のマリーナだよ、お嬢さん」

「私たち、このヨットのマリーナに案内できますけど。ねえ、ジュリアン？」

　ジュリアンはくるりと瞳をまわした。「いや、むりだろうな。水着はね、着る人によっては、ふしだらにも見えるんだよ」

「なんですって？」

「今日見せてもらっている鈍感さの説明は、それしか考えつかない」

「なんの話か、さっぱりわからないわ」

　ジュリアンは見張りの男に話しかけた。「君にはわかるだろう？」

　それに答えるように見張りの男の顔に同情が浮かぶのを見て、ディー・アンは歯を食いしばった。まったく男って。女が世の中を動かせるようになったら、誤解なんてものはたちまち消えてなくなるのに。でも、むりね。男はだいじな闘いのために力を蓄えておくなんてことしないで、四六時中、権力争いをしたがる生き物なんだから。

「どうして警察のマリーナに行くのか、説明ぐらいしてくださってもいいんじゃありません？ まっすぐ蜜蜂号のマリーナに帰れば、ベルデン夫妻が余分な航海をしなくてすむし、私たちの車にだって近いわ」どうしてこんなに簡単なことが男にはわからないのかしら？

ジュリアンはほほ笑みを浮かべたが、目は笑っていなかった。「車に近いからって、いったいどういう得があるんだい？」

完全に頭がおかしくなってるわ。私がしっかりしなくちゃ。「そしたら、家に帰れるでしょ」と、子供に言い聞かせるように優しく言う。

「ディー・アン」ジュリアンの声も負けずに優しかった。「僕たちは逮捕されたんだよ」

「でも、間違いだわ。〝有罪が証明されるまでは無罪〟のはずでしょう？」声がうわずった。

「とんでもない！」

見張りの男が咳払《せきばら》いした。「お嬢さん、少し混乱しているようだね」

「考えてごらんよ」ジュリアンが軽くディー・アンの頭を撫《な》でた。「さっきまでのことを」

ディー・アンはジュリアンをにらみつけた。にらみながら、自分が沿岸警備隊員とかわした会話を思い返してみた。「私、いくつか誤解されそうなことを言ったようね」ぎこちなくそう認めると、ジュリアンからちょっとからだを離した。

もう岸壁に近づいていた。はじめてジュリアンが落ち着かないようすを見せた。操舵室にいる男を見つめたまま、見張りの隊員にきく。「あの男はこういうヨットのあつかいをよく知っているのかな？」

　見張りは肩をすくめただけだった。

「落ち着いてやるように伝えてくれないか？」隊員にそう言って、ディー・アンのほうをむく。「このヨットを壊したりしたら、きっとニッキーに僕たち二人とも殺されてしまうよ」

「私のことよりもヨットのほうが心配なのね」

「いや、君よりもニッキーのほうが怖いだけだ」

「ニッキーにこつを教えてもらわなくちゃ」

　もう一人の警備隊員がやってきた。「立って、両手をまっすぐ前に伸ばしなさい」

「どうして？」

「黙って言われたとおりにするんだよ」ジュリアンがばかにしたように言った。

「覚えてなさいよ。ディー・アンは立ち上がって腕を伸ばした。「今度はなに？　手錠をするの？」

「そのとおりです」ほんとうに手錠がはめられた。

　自分の目で見て、手首にその感触を感じても、ディー・アンはまだ信じられなかった。

　ジュリアンも手錠をされた。

　きっと夢だわ。そうよ。まだ眠ってるんだわ。

両手を引き離そうとしてみる。金属の感触。こんなものを間近で見るのもはじめてだった。

いつか見るだろうと思ったことさえなかった。

「こっちだ」

裸足《はだし》のままで、ディー・アンとジュリアンはガルベストン警察の巡査に引きわたされ、待っていたパトカーに乗せられた。

「こんなにみじめな思いをしたのははじめてだわ」

「はじめてだって?」ジュリアンが言う。「バージンロードのむこうに花婿がいないとわかったときは、みじめじゃなかったのかい?」

「あれはあなたのせいじゃないの」

「それはそうだ」

確かにあのときもみじめだった。でも、手錠をかけられ、半分裸のままでパトカーに乗せられる経験とはくらべようもない。「私がみじめな思いをするときには、必ずあなたが一枚かんでいるような気がするわ」

ジュリアンは一瞬なにか言い返そうとしたようだったが、思いとどまった。「悪いと思ってるよ、ディー・アン。ほんとうにそのとおりだ」最後のほうは、ささやきに近かった。ディー・アンは詫《わ》びの言葉はすなおに聞きいれることにしていた。彼女はあきらめたようにため息をついた。「少なくとも知り合いには見られなかったわ。それにカーターが説明してくれれば、すぐに家に帰ってみんな忘れてしまえるでしょうし」

ジュリアンはむりに明るく笑ってみせた。「いつか笑ってこの話ができるようになるさ」

「そうは思えないわ」

「そうだな」と、ため息をつく。「君の言うとおりだ」

ふとサイドミラーに映った自分の顔を目にし、ディー・アンは見なければよかったと悔やんだ。

髪の毛は金色のスパゲッティのようにもつれ合い、マスカラが目のまわりに黒い隈《くま》を作っている。Tシャツの文字は逆さになっていて読めない。ディー・アンは胸に視線を落とした。〝朝はいやよ〟

泣いていいのか笑っていいのかわからなかった。二つの感情が闘い、やがてどちらも消えていった。

ジュリアンのほうはまだ人間らしく見える。いや、それ以上だ。ジュリアンはカーターよりもたくましい体形をしているので、トランクスが腰のかなり下で止まり、規則正しい食事のたまものらしい引きしまった胴をあらわにしている。伸びかけた髭《ひげ》のせいで、いつもとは違う野性的な魅力がそえられていた。

ディー・アンも野性的と言えば言えるが、ジュリアンとは違って〝薄汚れた〟感じのほうが強い。解放されたら、一日スパですごそう。絶対よ。

一日中ハーブの香りに包まれ、美顔術をほどこしてもらうことを考えると、パトカーに乗せられていることも少しは耐えやすくなった。Tシャツが短いので、腿がビニール張りの座席に直接ふれている。この同じ座席に本物の重罪犯が座ったのだと思うと、鳥肌が立ち、からだが震えた。

「大丈夫か?」ジュリアンがきいた。

大丈夫じゃなかったら、どうにかしてくれるの? 内心そう思ったものの、気遣いが嬉しかったので、ディー・アンはうなずいた。すると、ほんとうになぜか気持ちが落ち着いてきた。

それほど悲観することはないような気がしてくる。

やがて二人は歩いて警察署に入らなければならなくなった。

人々がぽかんと口をあけてこちらを見ている。日曜日の午後だというのに、ほかに行くところはないの?

それとも……それとも、もしかしたらこの人たちは、悪いことをしたら警察に連れていかれるんだよ、と子供たちに教えたくてここに来ているのかもしれない。このディー・アン・カレンブロックが、子供たちへの教訓の道具に使われているのだ。

パトカーを降りながら、ディー・アンはできるだけ無邪気に、罪のない顔を装おうとした。

「そばにくっついて」ジュリアンがささやいた。

どうして、ときかけて、やめたほうがいいと思い直す。もっと早く彼の言うとおりにしていたら、警察に引き立てられずにすんだかもしれないのだ。

「痛い！」敷きつめられた貝殻の先が足にあたって、ディー・アンはよろめいた。

「さっさと歩け！」巡査が怒鳴った。

「足を怪我《けが》したのがわからないのか？」ジュリアンが怒鳴り返し、かがんでディー・アンの足を見ようとした。

巡査が邪険に彼を引き起こした。「さっさと歩けと言ったはずだぞ！」

「悪いが、僕はまだ囚人のエチケットというものをよく知らなくてね」ジュリアンが言った。

「私なら大丈夫よ、ジュリアン」かばってくれるジュリアンを見て、彼への評価がぐっとプラスのほうに傾く。

「なかに入ったら、傷の手当てをさせるよ」巡査が言った。

巡査への当てつけに、ディー・アンは必要以上に足を引きずりながら警察署に入った。タイルの床に足をつくと、わずかに出血しているのがわかった。

さほど深い傷ではない。絆創膏《ばんそうこう》を貼《は》られ、ジュリアンとともに部屋にいれられ、ベンチに手錠でつながれる。

　蛍光灯のせいで、なにもかもが妙に青白く見えた。ジュリアンでさえひどくやつれて見えるのだから、きっとディー・アンは死人のように見えることだろう。これでは犯罪者だと思われてもしかたがない。いかにも犯罪者らしく見えるのだから。でも、舞台用の化粧でもしていないかぎり、ここではみんな犯罪者のように見えそうだ。

「許可が与えられたらすぐソーンダースに電話するつもりだ」ジュリアンが言った。

「どうしてカーターに電話して、ここのやたらに仕事熱心な警官に私たちは泥棒じゃないと証明してもらわないの？」

「ソーンダースが弁護士で、カーターはそうじゃないからだ」

「弁護士なんて必要ないわよ！　みんな間違いだったと説明してくれるヨットの持ち主がいればいいのよ！」たった一回しかもらえない電話の許可を、どうして弁護士への連絡なんかに使ってむだにしてしまうのだろう？「この事件を耳にする人間は少なければ少ないほどいいのよ」

「どうせもう、沿岸警備隊とガルベストン警察の人間がみんな知ってるよ。カーターに電話したければ、かってにどうぞ。でも、君も自分の弁護士に電話したほうがいいと思うけどね」

「私は誰にも電話なんかしたくないわ！　このごたごたを早く終わらせてほしいだけ

よ！」ディー・アンは自由なほうの手で顔をおおった。「こんなひどい格好をしてるし、気分は悪いし。おなかもすいたし、のども渇いたわ。囚人は食事もさせてもらえないのかしら？」

「まだ起訴もされてないんだよ」

「起訴ですって？　つまり、指紋をとられたり、写真を撮られたりするってこと？」声がうわずった。

「落ち着いて。ソーンダースが救いだしてくれるから」ジュリアンが元気づけるように言ったとき、警官がやってきた。

「電話を許可する」

「水をもらえないかな？」ベンチから手錠をはずされる前に、ジュリアンがきいた。「何時間も飲まず食わずなんだ」

「いいとも、待っていなさい」

　警官がべつに腹立たしげなようすも見せないので、ディー・アンは少しほっとした。水もくれなかったのは、頼まなかったからなのだろう。警官には人の心は読めないのだから。

「ディー・アン、僕はソーンダースに電話する。君は弁護士か、でなければご両親に電話して弁護士に連絡をとってもらうんだ」

「いやよ！」ディー・アンは愕然《がくぜん》としてジュリアンを見つめた。「両親に電話なんかできないわ！　いったいどう思われるか！」と、ジュリアンの腕をつかむ。「両親には絶対に知られたくないの。誰にも知られたくないわ。ソーンダースにも約束させて」

「ソーンダースがなにをすると思っているんだ？　マスコミに発表するとでもいうのか？」

ディー・アンは慎重に考えてから言葉を口にした。「ソーンダースは友だちだけど、でも、こういう状況のときには、もっと……もっと顔の利く人のほうがいいと思うのよ」

ジュリアンがにやりと笑った。「さっきは〝弁護士なんか必要ない〟と言ったのに、今度はもっと凄腕《すごうで》の人間が必要だと言うのかい？」

そのとき、警官が水の入った紙コップを差しだした。ディー・アンはむさぼるように飲みほした。

「もっと？」警官にきかれて、うなずく。

「ソーンダースを見くびってはいけないよ」また水を待っている間に、ジュリアンが言った。「仕事じゃないときはぼうっとして見えるけどね。こういう羽目になったとき、あいつほど頼りになる男はいないんだ」

4

「電話に出てくれ、ソーンダース」留守番電話の応答が聞こえると、ジュリアンは叫ぶように言った。「受話器をとってくれ！」

返事はない。二日酔いとは関係のない吐き気がジュリアンを襲った。もしソーンダースが家にいなかったらどうすればいいのだ？

いや、いるはずだ。ソーンダースが一緒に出歩くのは、ニッキーとカーターとジュリアングらいのものだ。いくら社交儀礼にうといソーンダースでも、まさか昨日結婚したばかりのニッキーとカーターにつきまとったりはしないだろう。

ジュリアンはあきらめなかった。「ソーンダース、ジュリアンだ！　起きろ！　いるのはわかってるんだ……ソーンダース、早く受話器をとれ！　冗談ごとじゃないんだ……おい、あの結婚証明書がどこから来たか、僕が知らないと思ってるのか？」

マリーナに着くまでの間に、ジュリアンは昨夜《ゆうべ》からの細切れの記憶を必死につなぎ合わせてみたのだ。そして、なにもかも思いだした。というか、推測で補うことができるくらいには思いだしたのだった。

ソーンダースがタキシードを着たのは、未遂に終わったディー・アンとカーターの結婚式で付添人を務めようとしたとき以来だ。きっとカーターとニッキーの結婚式の最中に、胸ポケットに入っている古い結婚証明書に気づいて、これはおもしろいぞと考えたにちがいない。

「ソーンダース、すぐ来てくれ。ディー・アンと僕はガルベストン警察にいる。逮捕されたんだ――」

「おい、ジュリアン、早くそれを言えよ」ソーンダースの声が飛びこんできた。

「どうしてさっさと電話に出ないんだ?」安堵《あんど》のあまり、逆に声が尖《とが》った。

「怒鳴られたくなかったからだよ」ソーンダースが弱々しい声で言う。「ものすごい頭痛なんだ」

ジュリアンの視線が部屋をさまよい、自分の妻かもしれない、疲れきったようすの金髪の女にとまった。「それを言いたいのはこっちだよ」

「二分だ」巡査がジュリアンに声をかけた。

ジュリアンはうなずいてしゃべりだした。「いいか、カーターに連絡をとって、このことを――」

「このことって、なんだ?」

　ジュリアンはため息をもらして、冷たい緑灰色の壁に頭をもたせかけた。「どうやらディー・アンと僕は蜜蜂号《みつばち》を海に出しておいて眠ってしまったらしいんだ」

「なるほど」くすくす笑う声がした。

「笑ってる場合じゃない。ニッキーとカーターがヨットが盗まれたと届けでたあとで、沿岸警備隊に発見されたんだ」

「運が悪かったな。それじゃどう見ても――」

「カーターを見つけてここに連れてきてくれ！」

　沈黙。

「ソーンダース？」

「新婚旅行に行ってるんだぞ、ジュリアン」

「ヨットがないのに、どうやって新婚旅行に行ったんだ？　いや、説明はいい。どこにいようが関係ない。とにかく、僕たちをここから出してくれ」

「できるだけのことはやってみるよ」ソーンダースの声はあまり自信がなさそうだった。

　よくない兆候だ。

　ジュリアンは借り物のトランクスを引っ張り上げ、巡査に連れられて取り調べのための席にむかった。

　ディー・アンはもうデスクの前の椅子に座っていた。両脚をそろえ、両手をきちんと膝の上においている。必死に自制心をたもとうとしているが、いまにも泣きだしてしまいそうなのが見てとれた。

　ソーンダースと話をしたあとでは、ジュリアンも同じような気分だった。

　驚嘆すべきは、風で髪を吹き乱され、マスカラがとけだしていても、ディー・アンがひどくセクシーに見えることだった。その野性的なようすがなんとも魅力的だった。そもそもはじめにディー・アンに魅力を感じたのは、彼女の寸分の隙《すき》もない洗練された外観のせいだったのに。彼女はいつも金髪を一つに編むかシニヨンにして、長い首と高い頬骨をはっきり見せていた。

　ジュリアンは、首に関してはちょっとばかりうるさい。ディー・アンの首はすばらしかった。キスをされるためにあるような首だ。

　また、彼女の堂々とした態度も好きだった。ただ残念ながら、自分が敵にまわって闘わなければならないときには、その堂々たる態度にはあまり魅力を感じなかったが。

　ディー・アンの家族のなかでは彼女の父が一番のやり手だと世間では思われているが、ほんとうに注意しなければならないのはディー・アンなのだ。一度彼女を見くびって、それを思い知らされた。

　これまでのディー・アン・カレンブロックとの関係はなんとも奇妙なものだった。彼女のビジネス上の明敏さには敬意をはらっていたが、そこでは二人は敵として闘わなければならなかった。彼女に魅力を感じてはいたが、愛情は持っていなかった。

ジュリアンはディー・アンにふられたのだが、いずれ彼だって同じことをしたかもしれない。それは自分でも認めている。ただ彼女のほうが先に彼を見捨てたのがおもしろくないだけだ。

カーターのせいだ。ディー・アンがカーターのほうを選んだ。それがジュリアンの自尊心を傷つけたのだ。相手がカーターでさえなかったら……。

でも、カーターは結婚を申しでたし、ジュリアンのほうは結婚する気などまるでなかった。

少なくとも、昨夜ソーンダースが古い結婚証明書を持ちだしてきて、ディー・アンがあんなに……興味を引かれた顔を見せるまでは。あのときジュリアンの心が少し動いたのだ。ディー・アンはいつもより優しく、弱々しく見えた。海風に巻き毛をなびかせながら、靴を脱いでいた。

カーターの結婚式に出るのはずいぶん勇気が必要だったにちがいない。そう思うと賛嘆の思いがわいたが、賛嘆の思いだけでは、親密な関係を築く気にはなれない。つかの間だがふと気持ちが動いたのは、欲望のせいだった。

つかの間というのは、ずいぶん重要な意味を持つ言葉だ。いまのディー・アンは胸が痛くなるほど弱々しく見えるが、これもきっとつかの間のことだ。

ジュリアンは隣の椅子に座りながら声をかけた。「もう少しだけ頑張って。すぐにソーンダースが来るから」

「いったいソーンダースはどうしたんだ？」ジュリアンは留置場を歩きまわり、ときおり廊下をのぞき見ようとした。

「さあね」同じ部屋にいれられている、大柄で人のよさそうな男が言った。

ジュリアンは苛立《いらだ》たしげに鉄格子をつかみ、むだと知りつつ揺すった。「なにもかも誤解なんだよ」

「さっきからずっと同じことを言ってるな」

「ほんとうだからさ」ジュリアンは髪を指で梳《す》いた。監禁されてから生え際が数ミリ後退したように感じるのは気のせいだろうか？「まったく税金のむだ遣いもいいところだ。なんで僕をこんなところにいれるんだ？　悪いことなんかしてないのに」

「そうだ、そうだ」男がうなずく。

自分がほんとうに留置場にいるなんて、どうしても信じられない。どうしてディー・アンと一緒にベンチに座っていてはいけなかったんだ？「正直な市民を犯罪者あつかいするとは、絶対に許せない」

「まったくだよ、兄弟」

好意的な聴衆を得て、ジュリアンはますます熱くなった。「駐車違反のチケットだって切られたことがないんだぞ。少しはそれを考慮にいれてくれてもいいじゃないか」と、声を張り上げる。

「そんなもんだよ」男はベッドと椅子のおかれたコンクリートの台の上にのんびりと座っている。

ジュリアンは、その男の落ち着きぶりがうらやましくなった。どうしてこんなところで我慢できるんだろう?

看守がこちらにやってくるのが見えた。「僕を犯罪者あつかいするなら、ほんとうに犯罪者になってやるぞ!」

男が高々と両手を上げた。「ブラボー!」

だいぶ気分がよくなった。と思ったとき、看守の後ろの人影に気づいて、ますます元気づく。

「ソーンダース!」

弁護士が口笛を吹いた。「いい格好だな」

ジュリアンは、鉄格子から腕を突き出して殴りたい気持ちをかろうじて抑えつけた。

「ムショを出る用意はできてるかよ?」ソーンダースがふざけてギャングのまねをする。

「いままでなにをしていたんだ?」

「カーターとニッキーの居場所を探していたんだよ。やっと連絡がとれた」

「よかった」

自由の身となって、いや、さっきまでよりはだいぶ自由の身に近くなって、留置場を出る。

看守が扉の鍵《かぎ》を閉めるとき、ジュリアンはなかの男に声をかけた。「元気を出せよ」

男が親指を上げてそれに応《こた》えた。

ディー・アンとベルデン夫妻が受付のデスクのそばで待っていた。

殺風景な警察署のなかでも、結婚したてのニッキーは輝きを放っていた。そばかすだらけの顔を生き生きさせて、警官と話している。カーターは満足そうに妻の手を握りしめていた。

いつもはエレガントなディー・アンがいまは見る影もない。すっかりショックに打ちのめされたような顔をしている。彼女が自分で蒔《ま》いた種とはいえ、なんだかかわいそうな気がしてきた。ジュリアンとデートしたことを後悔している女性を見るのははじめてだった。

それに、こうして恐ろしい体験が終わったいま、少なくともジュリアンは友人に囲まれているが、ディー・アンは一人ぼっちなのだ。

ディー・アンが一人でいるのは彼女自身が選んだ道なのだということは忘れ、ジュリアンは守ってやりたいという気持ちに突き動かされるままに、彼女のそばに寄りそった。

「大丈夫か？」

ディー・アンはこわばった顔でうなずいた。

ニッキーがジュリアンを見た。「ジュリアン！　カーターのトランクスをはいてるのね」

ニッキーの後ろで、カーターが必死に笑いをこらえている。

ディー・アンはＴシャツの裾《すそ》を引っ張り、誰とも目を合わせようとしなかった。

「つまりさ、ニッキー、郷にいりては郷に……」と言いかけて肩をすくめる。なんだか道化者になったような気がした。ディー・アンはもっとましな服を見つけられなかったのだろうか？

「お巡りさん、書類を見せてもらうよ」ソーンダースが釈放の手続きをしに行った。

ニッキーが言った。「ほんとうにごめんなさいね。警察に電話したときは、まさかあなたたちが蜜蜂号を出したなんて思わなかったのよ」

ジュリアンは片手を上げた。「こっちこそ、悪かったよ。蜜蜂号を沖に出すつもりじゃなかったんだ。メキシコ湾を乗りまわす気なんかなかったんだけどさ」

「帰る途中で話を聞くよ」カーターがニッキーの頭ごしにジュリアンの顔を見た。気でも狂ったのか？　彼の目はそう言っていた。

ジュリアンはちらりとディー・アンに目をやった。両腕で胸を抱いて、石のように正面を見つめている。

そうだな、気が狂っていた、という説明が一番納得できそうだ。

「終わりよければすべてよし、だ」ソーンダースが書類をふりながら戻ってきた。「これで自由だぞ」

「君とディー・アンを家に送るよ」カーターの言葉に、ジュリアンはありがたくうなずいた。とにかく、車のキーがどこにあるのかわからないのだから。

「僕は後ろからついていくよ」ソーンダースが両手をこすり合わせた。「さあて、楽しみだぞ――」

「ソーンダース！」ニッキーが、少し離れて立っているディー・アンを目顔で指した。

みごとなまでに自分の見かけには関心がないという顔を装っているが、ジュリアンが見ていると、またTシャツの裾を引っ張った。

その下になにを着ているか、ニッキーは気づいているだろうか？

「家の鍵はあるのかい？」出口にむかいながら、ジュリアンはディー・アンにきいた。

ディー・アンがびっくりしたように目を丸くするのを見て、バッグのないことを思いだしてうろたえているのがわかった。

「心配しなくていいよ。僕と一緒に来ればいい。ソーンダースが僕のマンションの鍵を持っている。錠前屋を探して君の家の鍵をなんとかさせればいい」

ディー・アンの目が光った。内心では、よけいなお世話よ、と言いたいのだろう。でも、いまはジュリアンに頼るしかないとわかっているのだ。

そして意外にも、ジュリアンは頼られるのがいい気分だということに気づいた。なんだか変だ。

「おやまあ！」警察署の表玄関で、ソーンダースが足を止めた。「すごい人だかりだぞ。いったいなにごとだ？」

ニッキーが爪先立ちになって小さな窓から外をのぞいた。「記者だわ」と、カーターを見る。「それに、カメラマンも」

みんながソーンダースをにらんだ。

「僕はしゃべってないぞ！　君たちが真っ先に僕を疑ったことに対して断固として抗議――」

「やめろ、ソーンダース。誰のせいかわかったよ」ジュリアンが燃えるような目でディー・アンをにらんだ。

ディー・アンの頬に血が上った。「まさか私のせいだと言うんじゃ――」

「私はディー・アン・カレンブロック、この人はジュリアン・ウェインライトです」ジュリアンがディー・アンの口調をまねて言った。「警察無線というものを知らないのかい？マスコミがそれを盗聴してるのを知らないのか？　事件もないのんびりした日曜の午後……そこに、無線からカレンブロックという名前が飛びこんできたんだ」

「私はあなたみたいに警察に詳しくないから、ただ協力しようと思っただけよ」ディー・アンは最後の抵抗を試みた。

「なるほど。で、彼らはありがたくその協力を受けいれたというわけだ」ジュリアンはまた指で髪をかき上げた。やっぱり髪が薄くなっている。ディー・アンのせいで若禿《わかはげ》になってしまうぞ。いや、そんなことより、いらいらしているからといって、彼女に八つ当たりしてはいけなかったんだ。ジュリアンは詫《わ》びの言葉を口にしかけた。が、そのまままた口を閉じてしまった。腹を立てているディー・アンのほうがずっと雄々しく見える。怒っていてもなんでも、さっきまでのしおたれた彼女よりはずっといい。このままにしておこう。

「裏口からなら逃げだせるかもしれないぞ」カーターが言った。「そっちにも少しは集まっているだろうが、これ以上ぐずぐずしてると、それだけマスコミの数もふえてくる」

「みんな一緒ににこにこしてのんびり歩いていきましょうよ」ニッキーが言って、ちらりとディー・アンを見た。こちらは唇を真一文字に引き結んでいる。「マスコミは幸せそうでのんびりしてる人間は嫌いだもの。ニュースの価値がないから」

「よし、そうしよう」ジュリアンがニッキーとディー・アンの肩にそれぞれ腕をかけた。

「笑って、ディー・アン」自分も笑顔を作って言う。「それじゃ、幸せそうに見えないよ。〝のんびり〟のほうは、どっちにしてもちょっとむりだろうけど」

ディー・アンはジュリアンの腕を押しのけ、裏口にむかって歩きだした。

「あのさ、ジュリアン」カーターが言った。「そのトランクスは僕がはくより、君のほうがずっとよく似合う。だから、君に進呈するよ」

「カーター！」ニッキーが怒ったように夫のわき腹をつついた。「せっかくそろえたのよ」

ソーンダースがもう裏口から外をのぞいていた。「静かに。出るなら、いまがチャンスだ」みんながそろっているのを確かめてドアをあける。

「行けないわ」ディー・アンが足を止めた。

「どういう意味だい？　留置場で一晩すごしたいのかい？」ジュリアンは苛立った。

ディー・アンが首をふる。「警官に頼んで、マスコミを追いはらってもらいましょうよ」

「あの連中はべつに法を破っているわけじゃないんだ」ソーンダースが口を出した。「彼らにはニュースを報道する権利がある。そして、運の悪いことに、ヴィクター・カレンブロックの娘には、ニュース・バリューがある。大型ヨットの盗難もニュースになる。一度は結婚しかけた相手から、その男がべつな女性との新婚旅行に使おうとしていたヨットを盗みだしたことも、なかなかのニュースだ。それに加えて――」

「ソーンダース」ジュリアンが一にらみでソーンダースを黙らせ、ディー・アンのほうをむいた。「さあ、手を握って」と、片手を差しだす。

ディー・アンはひるんだ。

「さあ、握って」

二人の目が合った。ディー・アンの目から野性味が消えていく。彼女は、差しだされた手をとった。その手を元気づけるようにぎゅっと握ってから、ジュリアンはソーンダースにうなずいてみせた。

ソーンダースがドアを支え、一行は警察署などではなく博物館からでも出ていくような顔で、夕日のなかに歩みでた。

裏口を見張っていた幸運な連中がどっと押しかけた。

彼らの第一声を聞いたとたん、幸せそうにのんびりと、などという言葉はみんなの頭から消えてしまった。マスコミの包囲をかきわけて走る一行の前にマイクが突きだされ、カメラのシャッターが切られる。ちょうど地元のテレビ局のカメラマンが到着したところだった。ジュリアンの後ろでソーンダースが何度も「ノーコメント」と叫んでいた。

ディー・アンがあまりにきつく手を握りしめるので、ジュリアンは血の流れが止まってしまうのではないかと心配になったほどだった。うつむき、Ｔシャツの裾を持ち上げて顔を隠した格好が、まるでほんとうの罪人のようだ。

カーターの車にたどり着くころには、写真もビデオもいやというほど撮られてしまった。きっと今夜のニュースと明日の朝刊を華々しく飾ることになるのだろう。

「逃げだすべきじゃなかったな」カーターがなんとか人にぶつけないように車を出そうと苦心しているのを見ながら、ジュリアンは言った。「ちゃんとコメントを発表すればよかったんだ。これじゃ、当て推量だらけのニュースにされてしまうよ」それと、ディー・アンの脚の写真と。

警官の助けを借りて、やっとカーターは駐車場から車を出した。「後をつけてきてるか?」

「いや、まだだ」後ろをふり返りながら、ジュリアンが答える。「でも、きっとそのうち来るな」

「カーター、スピードの出しすぎよ」ニッキーが言う。

「緊急の場合なんだから、しかたがないさ」そう言いながらも、カーターはスピードを落とした。

「その角を曲がったほうがいい。つけられてるみたいだぞ」と、ジュリアン。「それとも、あれはソーンダースかな?」

「ソーンダースのことは心配いらないわ。それより、ディー・アンとあなたを隠さなくちゃ」

「まっすぐ家に連れていってちょうだい」ディー・アンが静かな声で言った。「両親がいるはずだから、なかに入れるわ」

「ほんとうかい?」ジュリアンはカーターの携帯電話をとって差しだした。「その格好を見たら、なにがあったか聞きたがるのは目に見えてる」

「十時のニュースで知られるよりは、私の口から言っておいたほうがよさそうね」警察署を出てしまうと、ディー・アンはいつもの落ち着きをとり戻したようだった。

ふとジュリアンは、二人きりならよかったのに、と思った。いつも女性と別れるときに使うせりふはいまは役に立たない。即興でなにか言わなければならないのだ。他人にそれを聞かれたくなかった。

こんなときは、どんな言葉を口にしたらいいのだろう？

たぶんディー・アンは二度とジュリアンには会いたくないと思っているだろう。

で、僕自身はどうなんだ？

あと数ブロックで、もう二度とこの人たちとは顔を合わせなくてすむようになる。あと五分ならなんとか自制心をたもっていられる。そのあとで、泣けばいい。

電話には誰も出なかったが、ディー・アンは気にもしなかった。窓を壊して入ればいいのだ。もちろん、窓を壊せば警報機が鳴り響く。そして警察が来て、運がよければ、もう一度逮捕してもらえる。

少なくとも、今度はかってがわかるわ。唇からヒステリックな笑いがもれそうになった。

カレンブロック家は、ガルベストンの中心部にある豪華なビクトリア朝風の家だった。あたりは落ち着いた住宅街で、広い並木道の両側に同じように豪華な家が立ちならんでいる。

家のある通りに入ると、ディー・アンはちょっとほっとした。あと何秒かしたら、この車にも、この仲間にも、このおぞましい状況にもさよならできる。

たぶんジュリアンは礼儀正しくドアまで送ろうとするだろう。でも、半分裸の男に、そんなまねをしてほしくはない。ディー・アンは、車が停《と》まりきらないうちに飛び降りようとドアの取っ手を握った。

「停めて！」ニッキーが、屋根に衛星通信用のアンテナをつけたワゴン車を指さした。

「マスコミだわ」

カーターが急ブレーキを踏んだ。

「君の家を見張ってるよ、ディー・アン」カーターが言った。「でも、まだこの車には気づいていないようだ」

「時間の問題よ」ニッキーがつぶやく。

ディー・アンは唇をかんだ。どうしたらいいの？

ジュリアンを見る。

ジュリアンは、怯《おび》えきった顔のディー・アンに目をむけた。「僕のマンションに行こう」

「あのワゴン車の横を通らないと、むきを変えられないわ」ニッキーが言った。

バックミラーのなかで、カーターがにやりと笑った。

ジュリアンはその笑いが気にいった。「しっかりつかまって」ディー・アンに言う。

「カーター……」ニッキーのほうは、その笑いが気にいらなかった。

でも、もうカーターは邸内に車を乗りいれていた。バックし、むきを変えて、並木道を反対方向に飛びだす。まだにやにや笑いを顔に貼《は》りつけたままだ。

危うくソーンダースの車にぶつかりそうになる。

「ソーンダースが目を丸くしていたぞ」カーターが楽しげに叫んだ。

「ソーンダースもこっちに来たぞ」ジュリアンが知らせる。「ワゴン車もあわてて追っかけてくる」

「気をつけてよ、カーター」ニッキーが言った。

スピード違反でつかまらずにマンションにたどり着けたのは、今日はじめての幸運なできごとだった。

でも、幸運もそこまでだった。

「携帯電話なんか発明したのはいったい誰なんだ」マンションの前に停まっているマスコミのワゴン車を見て、ジュリアンがつぶやいた。マイクを手にした女性が、入り口で警備員と押し問答をしている。「みんなが持ってるんじゃ、得にもならない」

「会社に行ってみるか?」カーターが言う。

「そうだな。でも、まず警備員に電話をしておいたほうがいい」

会社にはまだマスコミの手が伸びていなかった。警備員が待ちうけている。四人は車を捨てて、なかに飛びこんだ。ニッキーとカーターとジュリアンは、強力な敵を討ち負かした喜びに顔を真っ赤にし、声をあげて笑った。

こんなふうに笑ったのは、カレンブロック産業からベルデン・インダストリーを守ったとき以来だ。そう、ディー・アンの手から。

ディー・アン。ジュリアンはすぐまじめな顔に戻った。

ディー・アンは受付のデスクで電話をしていたが、やがてぎゅっと目をつぶり、静かに受話器を下ろした。

またしおたれた表情に戻っている。どうしたらいい？　またなにか議論をふっかけるか？　でも、もう議論をしたい気分ではなかった。きっとディー・アンのほうもそうだろう。

カーターとニッキーは、カーターのオフィスに行こうと思っているらしく、エレベーターの前に立っている。

ジュリアンはディー・アンを手招きした。「行こう、しばらくはここに隠れていればいい」

「いつまで？」エレベーターに乗りこみながら、疲れきったほほ笑みを浮かべてディー・アンがきいた。

ジュリアンには、彼女の気持ちがよくわかった。「シャワーを浴びて、腹ごしらえをするまでさ」

ディー・アンはため息をついてまた目を閉じた。

ジュリアンも疲れを覚えはじめていた。

カーターとニッキーは黙りこくって、目を見交わしている。まいったな。二人になんとか説明しなければならない。いや、それだけではすまないことがたくさんある。

まったく、どうしてこんな面倒なことになったんだろう?

最上階でエレベーターが止まり、四人は豪華なカーペットに足を踏みだした。裸足《はだし》で歩くと、すばらしい感触だった。

「ディー・アン、シャワーがあるから使うといい」オフィスのドアをあけながら、カーターが言った。

「私はなにか着るものを探してくるわ。とりあえず、バスローブを使っておいてちょうだい」ニッキーが言って、べつな部屋に姿を消した。

ディー・アンは黙ってうなずき、バスルームのドアを閉めた。

「なにか食べさせてくれ。昨夜のパーティ以来なにも食べてないんだ」

カーターが、ひとしきりジュリアンを見つめた。「いったいなにを考えていたんだ、ジュリアン?」そう言いながら、小さなキッチンに入っていく。

「長い話なんだよ」

「要約しろ」

「酔っぱらったんだよ」

信じられないという目をジュリアンにむけてから、カーターは小さな冷蔵庫をあけた。

「ずいぶん長く、いいときも悪いときもつきあってきたが、君が酔っぱらったのは見たことはなかったよ」

「昨夜は酔っぱらってしまったんだよ」ボブのワインの話をする間に、カーターがクラッカーとスープとキャビアをとりだした。

「こんなものしかないぞ」二つのカップに粉末のスープと水をいれながら言う。

「なんでもいいよ」いつもならワインも要求するところだが、今日は頭をはっきりさせておきたかった。

「で、僕の前の婚約者は悲しみにおぼれていたのかい？」

「とんでもない」ジュリアンはスープのカップを電子レンジにいれた。「ディー・アンは薔薇《ばら》の花のアレルギーで、抗ヒスタミン剤をのんだんだよ」

「口ではなんとでも言えるからな」

「自尊心は健在だな。チーズはないのかい？」

カーターは首をふった。「二、三週間は戻らないつもりでいたからね」

スープができた。「これをディー・アンに持っていってから、破滅の航海の話をしてやるよ」頭のなかを整理して、話すことと黙っておくことの区別をする時間が必要だった。いくら友人とはいえ、カーターになにもかも話してしまうつもりはない。

シャワーの音がする。ジュリアンは強くドアを叩《たた》いた。「ディー・アン？」

シャワーの音がやんだ。

「ドアの横にスープとクラッカーをおくよ」

「ありがとう」という声のあとに、またシャワーの音が聞こえはじめた。

なんという我慢強さだ。ジュリアンはクラッカーを一枚失敬した。ドアを蹴破《けやぶ》ってでも食べ物を手にいれたいくらい空腹だった。

ジュリアンのスープが温まった、ちょうどそのとき、ソーンダースが部屋に飛びこんできた。

「マスコミからはうまく逃げだせたんだろうな？」スープを飲みながらきく。

「だめだった」伸ばしたソーンダースの手の先から、ジュリアンがクラッカーを奪いとった。「警備員が玄関にロックしていなかったら、うまく逃げおおせたんだけどな」

「で、どうしたんだ？」クラッカーを食べながらきく。これでなんとか生きのびられる。

「話をでっち上げておいた。誰も僕に相談しようとしなかったんだから、いまさら文句を言うなよ」

「どんな話をでっち上げたんだ？」

「君とミズ・カレンブロックは新郎新婦の新婚旅行の準備をしようとして蜜蜂号を海に出したんだが、エンジンが故障してメキシコ湾を漂流する羽目になり、沿岸警備隊に助けられた。ところが、運悪くベルデン夫妻が、ヨットが盗まれたと届けでていたために、警察としてはその線にそって行動した、とかなんとかさ」

「感動的だな、ソーンダース。すごい創作力だ」ジュリアンが乾杯というようにカップを上げた。

カーターは不満そうだった。「それじゃ、大騒ぎした僕たちがばかだったことになるじゃないか」

ジュリアンがにやりと笑った。「だから、感動的なのさ」

5

ディー・アンはやっと生き返ったような気がした。でも、残念なことに、見かけはあまりよくなったとは言えなかった。鼻の頭が日に焼けて赤くなり、シャワーでは落ちない頑固なマスカラが目のまわりを黒く縁どっている。カーターも、コールドクリームまでは備えていなかった。

それに、シャンプーとコンディショナーもいつも使っているものとは違うので、髪が濡《ぬ》れた麦わらのようになってしまった。指で梳《す》いてみたがたいして効果もなく、結局タオルで髪を包んで、スパでのんびりしているように見えることを期待する。

いずれはみんなと顔を合わせなければならないのだから、いますぐ出ていったって同じことだ。カーターのタオルのローブのベルトをしっかりと結び、大きく息をすって、バスルームのドアをあけた。

オフィスには誰もいなかった。

執行猶予だ。ディー・アンはジュリアンがおいていったスープとクラッカーをつかんで、すばやくバスルームに引っこんだ。

飢え死にしそうにおなかがすいていた。トイレのふたに腰を下ろし、ぬるくなったスープを飲む。インスタントのチキンスープがこんなにおいしいと思ったのははじめてだった。スープを飲むと、少しは人心地がついた。ふうっと息を吐いて、洗面台の端にカップをおく。これからどうするか、考えなくては。

永久にカーターのバスルームに隠れているわけにはいかない。いつかは両親や友だちや仕事仲間に会わなくてはならない。でも、いますぐでなくてもいいわよね？

クラッカーを食べる。この夏中ディー・アンは町の噂《うわさ》話の中心人物になってしまっていた。まずカレンブロック産業のライバル会社の社長との婚約、それから彼にふられるところをガルベストン中の人に目撃され、そのあとジュリアンたちが広めた愚にもつかないカーターのための言い訳のせいでますますみじめな思いをした。会社の乗っ取り計画も失敗し、やがてカーターが前妻との再婚を発表し、あげくのはてにこういうことになった。

どうして、うかうかと結婚式に出るのを承知してしまったんだろう？　よくないとわかっていたのに。母親にもあれだけ反対されたのに。

きっと母のフェリシア・カレンブロックはかんかんになって怒るだろう。ディー・アンの口からすすり泣きがもれた。はてしない母親の愚痴と空騒ぎには、一秒だって我慢できそうにない。

ニュースの時間が終わるまで待とう。どうやらいま両親は家にいないようだ。もしかしたら、ニュースを見ないかもしれない。

でも、明日の朝刊を見逃すことはないだろう。

ディー・アンはテレビのニュースも新聞も見たくなかった。それに、両親がそれを見る場にも居合わせたくなかった。最初のニュースが流れたとたんに、〝心配した〟知人が詳しいことを聞きたがっていっせいに電話してくるだろう。そして、怒り狂った両親の顔がディー・アンにむけられる。ニュースのとおりだと白状したとたん、それこそ大騒ぎになる。母はどうしてそんなまねができたのよ、と責め、それから泣きだすだろう。はてしなく。

クラッカーを食べ終えると、ディー・アンは茶色と深緑色の壁紙を子細に眺めた。ここに隠れているのも悪くないわ。この壁紙の色なら大丈夫、我慢できる。

このままじっと静かにしていたら、みんな私のことを忘れてしまうかもしれない。そしたら、キッチンに行ってなにか食べ物を探せるわ。このごろはインスタントのスープにもちゃんと栄養分が入ってるもの。そうよ、スープだけでも生きていける。もしかしたら、ビーフ味のスープもあるかもしれないわ。ベルデン夫妻にはしばらく必要ないはずだし。だって、新婚旅行に行くんですものね？

そのとき、ドアをノックする音がした。残念。これで籠城《ろうじょう》計画もご破算だ。

「ディー・アン？」ジュリアンの声だ。

「そういう名前の人物はここにはおりません」

笑い声が聞こえた。「着るものが見つかったよ」

「まあ。カーターのバスローブより少しはましなものなの？」

「それより、少しは高級なものだ」

期待が持てそうだ。ドアをあけると、ジュリアンがペイズリー柄の服を手わたした。

「なんなの？」

「シルクのパジャマだよ」

「誰の？」

ジュリアンがほほ笑みを浮かべた。「僕のだ」

ディー・アンはパジャマを彼に投げつけて、ばたんとドアを閉めた。恥を知らないの？

まるで恋人みたいに彼のパジャマを着て歩けというの？

でも、もしかしたら、私たちって恋人同士？　ああ、思いだせたらいいのに。

「ディー・アン、パジャマの上も下も貸してあげようと言ってるんだよ」

「どうしてあなたってそう……」言葉が続かなかった。

「実際的なのかって？」ジュリアンが言う。「いいかい、僕は泊まりこむときのために、いつもオフィスにパジャマを用意しているんだよ」

「オフィスにシルクのパジャマをおいておくなんて、いったいどういう人間なのかしらね?」

「実際的な人間さ。服を着たまま寝るのもいやだし、裸で寝るのもいやだ。だから、趣味のいい、一見パジャマには見えないものを用意してあるんだ」

いかにも、ジュリアンのしそうなことだ。

「くつろぐときに着る服だと思えばいいさ。いまの時期にぴったりなんだ。ほんとうだよ。ベルトを締めれば、外だって歩けるくらいだ。誰にもわからないよ」

「結局そこに話を持っていきたいわけね」

苛立《いらだ》たしげなため息が聞こえた。「そんなことは考えてないよ。僕は早く自分のオフィスでシャワーを浴びたいだけだ。ドアの外においていくからね。着るも着ないも、君しだいだ」

ドアに耳を押しつけると、ジュリアンの足音が遠ざかっていくのが聞こえた。

自分のオフィスでシャワーを浴びるですって? ジュリアンもカーターもまるで自宅みたいに設備を整えているんだわ。どうしてわざわざべつにマンションを借りたりするのかしら?

ディー・アンは細くドアをあけて、パジャマを引きずりこんだ。

なるほど、確かにカーターもジュリアンも実際的だ。パーティや仕事上の夕食会のために、何度あわてて家に帰って着替えをし、それから大急ぎで息を切らしながら会場に駆けつけたことか。

ジュリアンのパジャマを着ながら、オフィスの改装を計画する。心密《ひそ》かに仕事を辞めようと決心していたのだが、どうやらそうはいかなくなってしまった。こうなっては、近いうちに夫と子供を手にいれることなどできそうにないのだから。

オフィスで生活できると思うと、心が軽くなった。仕事に埋もれていれば、二度と誰にも会わずにすむ。

インテリア・デザイナーにすぐ電話をしよう。

残る問題は、改装が終わるまでどこに隠れているかということだけだ。

留置場のにおいを洗い流してしまうと、ジュリアンはやっと人心地がついた。ディー・アンが着ていたのとそっくりな白いタオルのバスローブに身を包むと、ふと彼女のことが気になった。

ディー・アン。ジュリアンは首をふった。どうやらいまのディー・アンには行くあてはなさそうだ。でも、彼女は敵意まるだしだ。さて、どうしたものだろう？

まず、ちゃんとした食事を提供するのはどうだろう？　東洋風のカーペットを踏みしめてデスクに近寄り、電話帳をめくる。

日曜の夜に食事を持ってきてくれるレストランがあるだろうか？　それとも、ピザを頼むか？

いや、だめだ。ちゃんとした食事がしたい。最上のあばら肉のローストがいい。レアで。それに、酸味のきいたブルゴーニュ産の赤ワイン。

ディー・アンはチキンとピラフのほうが好きそうだ。それにサラダか。

でも、断固あばら肉のローストにするぞ。レアで。

あとはチョコレートだ。女性はチョコレートが好きなのだ。マルゴーのチョコレート・ラズベリー・トリュフのチーズケーキを断った女性には、まだお目にかかったことがない。

注文をすませて受話器をおいたところに、ソーンダースが入ってきた。「ホテルの警備員が君の車を見つけたよ。ディー・アンがあずかってくれるそうだ」

「よかった。ディー・アンがスペア・キーを持っているといいんだがな」

ジュリアンは着替えをいれているクロゼットをあけた。服はそろっているが、どうしたわけか靴が見あたらない。あるのはランニングシューズだけだ。

「カーターが君のために現金をかき集めているが、残念ながらディー・アンに合う服はなかったよ。ニッキーとはサイズが違うからね」

「そうだろうな」蜜蜂《みつばち》模様の水着を着ていたディー・アンの姿が脳裏に浮かんだ。一瞬ほほ笑み、すぐにため息をつく。「僕のパジャマを貸したよ」

「ニッキーからもらったシルクのパジャマかい？」ソーンダースがびっくりした顔になる。

ジュリアンは白いシャツをハンガーからはずした。「そうさ」

「なかなか興味深い選択だ」ソーンダースはデスクの端に座って脚をぶらぶらさせた。

「なにか僕の意見を聞きたいことがあると言っていたな？」

そう、確かにあった。でも、どう話を始めたらいいのかわからない。「秘密は守るな？」

「もちろんさ。さあ、話してくれ」

ジュリアンは例の結婚証明書のことを話した。ソーンダースが少しも驚いた顔をしないので、なんだか気分が悪くなってきた。「証明のサインをしたのは誰なんだ？　君か？」

「いや。ロイ・ピーバディだよ」

悪ふざけの好きな弁護士の友人だ。ジュリアンはシャツのボタンをはめながら、ほっと安堵《あんど》のため息をついた。「そうだろうな。学校にいたころから、ロイはいつも悪ふざけばかりやってたものな。でも、君だって――」と、ソーンダースに指を突きつける。「同罪だぞ。カーターの古い結婚証明書を持って歩くなんてけしからん。ディー・アンの気持ちを考えてみろよ」

「言わせてもらうけどね、君とディー・アンは、すばらしいアイデアだと言ったんだぜ。運命だ、と二人で叫んでたよ」

「運命だって？」スキップしているディー・アンとならんで渚《なぎさ》を歩いたようなかすかな

記憶がある。ディー・アンはスキップなんかするタイプじゃない。少なくとも、ジュリアンはそう思っていた。あのときは、きっとボブのワインのせいだろうが、なんだかとても幸せな気分だった。なんでこんなに長く結婚を引きのばしてきたんだろうと考えていた。裸足《はだし》で砂浜を歩きながら、これからの一生を共にすごしたい理想の女性像を思い描いていた。

ガルベストン・ビーチのどこかで、その理想の女性像がディー・アンの姿と重なったのだ。

それから二人でパーティに引き返し、しばらく離れ離れになって新郎新婦のために乾杯した。「君にディー・アンの話をしたのは覚えてるよ。そのとき、君がポケットからあの結婚証明書をとりだしたんだ。いま思いだしたよ」

ソーンダースはうなずいた。「で、君が、こいつは好都合だ、と言ったんだ」

好都合？　冗談じゃない。ジュリアンはズボンをはいた。「証明者の名前が読みとれないから、牧師が署名したのかと思ったのさ」

「いや。ロイさ」

「つまり、法的な効力はいっさいないということだな。ほっとしたよ」ズボンのファスナーを上げ、ベルトを締めてから、ふとソーンダースの意味ありげな沈黙に気づいた。

ソーンダースはもう脚をぶらぶらさせるのをやめていた。いぶかしげなジュリアンの視線に応《こた》えて、彼は言った。「あれを正式なものにしたいと望む可能性は、一パーセントもないのか？」

「もちろんさ……どうしてだい？　君だって、僕がディー・アン・カレンブロックに恋してると思っているわけじゃないだろう？」

ソーンダースが咳払《せきばら》いした。「君の感情を問題にしているんじゃないよ。事実に関する可能性をきいているんだ」

「どういう意味だ？　事実って」

「子供だよ」

ジュリアンの心臓が一瞬凍りつき、やがて脳の血管が破れるのではないかと思うほどの勢いでふたたび動きだした。頭がくらくらする。

「ジュリアン？　可能性はない……よな？　僕はただ念のためにきいておこうと――ジュリアン、おい、気を失ったりしないでくれよ」

「夢にも考えなかった」

デスクから飛び下りたソーンダースが、水をいれたグラスを差しだした。ジュリアンは感覚のなくなった手でグラスを受けとった。グラスがこんなに重く感じられたことはなかった。

ソーンダースの顔が、厳しい弁護士としての顔に変わった。「どうやら、大いに可能性ありということらしいな」

　ジュリアンはごくりとのどを鳴らした。「大丈夫かもしれないさ」

「かもしれない？」

「ディー・アンが避妊しているかもしれない」

「ジュリアン、ティーンエイジャーみたいなことを言うなよ。君のほうは、要するになんの手段も講じなかったということだな」

　ジュリアンはうろうろと歩きはじめた。「どうしてあんな……」と言いかけて、あきらめたように両手を広げる。

　ソーンダースも同じように歩きだした。「ばかなまねをしたか？　無責任なことをしたか？　子供っぽいことをしたか？　それとも、欲望に負けてしまったか？」

「酔っぱらったことだよ」二人は部屋の真ん中ですれ違い、端まで行ってむきを変え、また顔を合わせた。「あんなふうになったのははじめてだ」ジュリアンはドアにむかった。

「ディー・アンと話をする」

「ちょっと待った。これはものすごく繊細で技術を要する話だよ」

「それぐらいわかってる！　僕がなにを言うと思ってるんだ？　おい、君は妊娠しちゃったのかい、ときくとでも思ってるのか？」

「もう少しましなことを言うと思ってるよ。いや、思っていた。とにかく、まず妊娠している場合とそうじゃない場合を想定して、対策を立ててからにしたほうがいい」

いかにも弁護士らしいその言葉に、ジュリアンは一瞬怒鳴りだしそうになったが、思いとどまった。ソーンダースの言うとおりだ。「わかったよ。もし妊娠していたら、僕は結婚を申しこむ」

「そんな必要はないと思うよ」

「ソーンダース！　女性が僕の子供を身ごもったら、結婚するのは当然じゃないか」

「そういう意味じゃないよ。多少変則的とはいえ、昨夜《ゆうべ》もう結婚証明書にサインしたじゃないか」

「おいおい。ロイは弁護士だぞ。牧師じゃない」

「ロイは去年の十一月の選挙で治安判事になったんだぞ」

「大変だ。すっかり忘れていたよ」

めったにないことだが、ジュリアンの全身に汗が噴きだした。完全には消えていなかった頭痛がまた勢いをもり返した。

「つまり、僕はほんとうにディー・アンと結婚してしまったということか？」

「それがさ、どうやらロイはどこかに結婚証明書をおき忘れて、まだ届けを出していないようなんだ」ソーンダースが弱々しい笑い声をあげた。「僕から君にそれを伝えてくれと言われていたんだよ。君がやたらに父親の立場にこだわるから、ここで言っておいたほうがいいと思ってさ」

安堵のあまり膝から力が抜けそうになり、壁際のイタリア製のソファにどさりと腰を下ろす。「まだ届け出がすんでいなければ、あの証明書には法的な効力はないということだな?」

「なんの記録もないからね」

「ありがとう、ディー・アン!」

「どういう意味だ?」

「なんとも寛大なことに、彼女があれをびりびりに引き裂いて海に捨ててしまったんだ」

ソーンダースは考えこんだ。「それでも、君を婚姻不履行で訴えることはできるよ」

「いまからそんな心配をするのはやめよう」

「なんの心配をするって?」カーターとニッキーが入ってきた。

「いや、なんでもない」ジュリアンはソーンダースに目配せした。

「銀行のカードを再発行してもらうまで、これを使うといい」カーターが札束を手わたした。

「こんなにたくさん必要ないよ」

「たいした額じゃないわ」ニッキーがカーターの腕に手をまわした。「幸運を祈るわ、ジュリアン。なにか手助けしてあげたいのは山々なんだけど、新婚旅行のほうがだいじなの」

「おやおや」と、わざとらしく抗議してみる。「一緒にテレビのニュースを見たくないのかい？」

二人は首をふった。「蜜蜂号で遠くへ行くよ」カーターが妻にほほ笑みかけた。

「あなたもそうしたほうがいいわよ」ニッキーがくすくす笑った。そして、新婚夫婦は行ってしまった。

廊下で話し声がしたと思うと、ディー・アンが戸口から顔をのぞかせた。「警備員から電話があったの。マルゴーからなにか届けに来てるって」

「ああ、夕食だ。さあ、入って、ディー・アン」ジュリアンは電話で警備員を呼びだし、すぐ食事を運ばせるようにと伝えた。

「まともな食事がしたくてね」自分でも気づかないうちに、ジュリアンの口調はひどく早く熱心になっていた。

「マルゴーの食事？」ディー・アンは嬉《うれ》しそうだった。「私、大好きなの」

「僕もさ」ジュリアンは、ディー・アンが恥ずかしげに入ってくるのをじっと見つめた。

ジュリアンのパジャマを着ていた。

信じられないほど……魅力的だった。足は素足のままで、髪はまだ濡れている。袖《そで》とズボンの裾《すそ》を折り返しているが、それでもディー・アンが動くたびに、たっぷりとしたペイズリー柄の布地がさざ波のように揺れた。かわいらしく見えると同時に、ひどく男心をそそる。蜜蜂色のビキニを着ていたときとは、またべつの魅力だが、とてつもなく魅力的だということに変わりはなかった。

ジュリアンはごくりとのどを鳴らした。

「それはいいな」ソーンダースがテーブルの上を片づけながら言った。「飢え死にしそうだよ」

「君の分はないよ」ジュリアンが冷たく宣言した。ソーンダースの存在をすっかり忘れていたのだ。

「僕は一緒に食べるよ」ソーンダースはディー・アンのほうに意味ありげな視線を送りながら言った。

「すっかり君の時間をつぶしてしまって悪かった」ジュリアンはソーンダースの肩を軽く叩《たた》いて、ドアのほうに連れていこうとした。

ソーンダースは動かなかった。「そうさ。それに、いまちょうど法律的な問題に取り組んでいたところだったんだ」

「それじゃ、早く仕事に戻りたいだろう」さらに強く押す。

「戻るさ」ソーンダースはデスクの角をつかんで踏ん張った。「まだ終わっていないんだから」

「ジュリアン」ノックの音が聞こえたとき、ディー・アンが口をはさんだ。「マルゴーの料理はたっぷり量があるから、ソーンダースも一緒に食べられるわよ。彼の日曜日をだいなしにしてしまったんですもの、それぐらいはしてあげなくては」

「いやいや、だいなしになんかしてないよ」ソーンダースがにやりと笑った。「こんなおもしろい見物を――痛いっ！」

「ジュリアン、お願い」ディー・アンはドアにむかった。

ディー・アンがテーブルに食事をならべる給仕を手伝っている間、ジュリアンは勝ち誇ったソーンダースの顔と、ディー・アンをじろじろ見ている給仕の少年の顔を等分ににらみつけていた。どうやらディー・アンは、パジャマの襟が大きくあくものだということに気づいていないようだ。「あとは自分たちでやるよ」ジュリアンは札束から紙幣を一枚引き抜いた。

「え、こんなにたくさん――」

「いやいや、すばらしいサービスだったよ」二十ドル札を給仕のポケットに押しこみ、請求書にサインして、にこやかに少年を送りだす。

ソーンダースもこれぐらい簡単に消してしまえるといいんだが。

ソーンダースは、ジュリアンがあとで後悔するような約束をディー・アンとしてしまうのではないかと心配しているのだ。それはわかっていたが、妊娠のことについては、二人きりで話し合いたかった。

　ディー・アンがまだ一度もその話を出さずにいるのだから、ジュリアンのほうから持ちださなければならない。彼女がなにも言わないのは、十カ月たってもなにも起こらないとわかっているからだったらいいのだが。

「おいおい、ジュリアン、牛を一頭分注文したのかい？」ソーンダースが、大きなあばら肉ののった皿を眺めて言った。

「たぶん受話器を通して、僕のおなかのすきぐあいが伝わったんだろう」しぶしぶソーンダースの同席を認めながら言う。

「私はパンのお皿を使うから、これをどうぞ」ディー・アンがソーンダースに言った。

「ナイフは交代で使わないといけないけど、フォークはデザート用のフォークでいいわ」

　ディー・アンとの関係を修復しようとして夕食を注文したのに、ソーンダースのせいでだいなしだった。ディー・アンが自分の分をソーンダースに分けている。おかげで、ジュリアンはひどく身勝手で思いやりのない人間のように見えてしまう。ディー・アンとソーンダースは仲良くソファに座り、この世になんの心配ごともないみたいに笑い合っていた。

　こんなはずではなかった。楽しい雰囲気を演出して、これからも気まずい思いをせずにつきあっていけるようにするつもりだったのだ。少なくとも、今日のところはなごやかに別れたいと思っていた。

食事を分け合って食べているソーンダースとディー・アンを、ジュリアンはむっつりしたまま眺めていた。キャビネットにあるブルゴーニュ産のワインのコルクを抜こうともしなかった。この年のブルゴーニュ産ワインは、栓を抜いてから二十二分間は空気にさらしておかなくてはならないのに。

「ジュリアン、おなかがすいてないの？」とうとうディー・アンがジュリアンのようすに気づいた。

ジュリアンはむりにほほ笑みをつくろった。「ぺこぺこだよ」肉にナイフをいれる。「ただ、やっとなんとかお互いに礼儀正しさをとり戻したもんだなと思ってさ」

ディー・アンは肩をすくめた。「起きてしまったことは変えようがないわ。こうなったのは二人に同じくらい責任があるんだし、水に流そうと思うの」

「すばらしい」口いっぱいにあばら肉をほおばったまま、ソーンダースが言った。「二人に同じくらい責任があると認めるのは、大賛成だ」

ジュリアンはテーブルの下でソーンダースの脚を蹴《け》っ飛ばした。ソーンダースは、あとでジュリアンが訴えられたりしないように伏線を張っているのだ。でも、なんでこんなに鈍感でいられるんだろう？

ディー・アンはソーンダースの言葉に隠された意図には気づかなかったらしく、まるでビジネスの関係者と夕食をとっているかのように、すぐに話題を変えて楽しげにしゃべりはじめた。ジュリアンはその冷静さに感嘆しながらも、蜜蜂号での彼女の態度とくらべてみずにはいられなかった。

　もう夜の十時すぎだというのに、ディー・アンは家に帰りたいというそぶりも見せない。マスコミがいなくなるのを待っているのは確かだし、食事もまだ終わっていないのだから当然といえば当然だが、服をどうしようとも言わないし、どうやって帰るのかも気にしていないようだ。お金も持っていないはずなのに。なんとか手助けをしてやるつもりではいるが、彼女のほうからなにも切りだささないのは妙だ。

　だが、やがてディー・アンの気持ちがわかって、ジュリアンはほっと力を抜いた。彼女はソーンダースをだしに使っているのだ。ジュリアンと二人きりになりたくなくて。

　ソーンダースは一晩中ここにいるわけじゃないからなと考えると、あらためて食欲がわいてきた。

　ディー・アンとソーンダースがチョコレート・ラズベリー・トリュフのチーズケーキを分けているとき、電話が鳴った。

　ソーンダースが受話器をとった。と、思うと、たちまちそれを放《ほう》りだしてドアから飛びだした。

「ソーンダース！」ジュリアンが叫んだ。

　返事はなかった。

残された二人は顔を見合わせ、すぐに後を追った。

ソーンダースは会議室でテレビに見入っていた。ベルデン夫妻の写真を背景に、記者が話をしている。

「まあ！」ディー・アンが両手を口にあてた。

「しぃ！」ソーンダースがメモをとりながら言った。

カーターの車にむかって走るディー・アンとジュリアンが映しだされた。

ソーンダースの〝ノーコメント〟という声が延々と流れる。

ディー・アンはTシャツの裾で顔をおおっているので、必然的に脚がむきだしになっていた。

ジュリアンはまるで浮浪者のようだが、ずいぶんおしゃれな髪型をした浮浪者だ。

「そして新婚旅行中のベルデン夫妻からはコメントが聞けませんでした」と、記者が締めくくった。

キー局のアナウンサーがこれを受けて話を続ける。ディー・アンの婚約時の写真が出て、その顛末《てんまつ》が語られる。二年も前に新聞の社交欄に載ったジュリアンの写真まで登場した。

つぎのニュースに変わると、ディー・アンはテレビの前にがくりと膝をついた。「告訴はとり下げられたって言わなかったわね、ソーンダース？」

弁護士はすばやくメモに目を通した。「うん。でも、マスコミはそういうことは言わないのさ。用心深いんだから」

　電話が鳴った。

「出るな」ソーンダースが言った。

「両親に電話しなくちゃ」ディー・アンがつぶやいて、見るからに震えている脚で立ち上がった。

　ジュリアンのからだも震えていた。覚悟はしていたが、実際に目のあたりにした衝撃は大きかった。ガルベストン中の人間がこれを見て、ヒューストンのキー局もとり上げたのだと思うと、いつもの冷静さも吹き飛んでしまいそうだった。

「待って」ソーンダースが椅子を引き寄せた。「二人とも座って」

　ジュリアンは座りながら励ますようにディー・アンにほほ笑みかけた。うわべだけのほほ笑みだったが、とにかくそうしなければならないような気がしたのだ。「ソーンダースは弁護士だ。彼の言うことを聞こう」

「そこでだ、ディー・アン、君もこの問題に関しては僕にまかせるかい？」

　ディー・アンがうなずいた。

「では、君の弁護士として忠告するよ。正式な声明の準備ができるまでは誰にも話をしてはいけない」

「でも、母が――」

「とくに君のお母さんには話しちゃだめだ」ジュリアンが口をはさんだ。

ディー・アンが反論しそうになったのを見て、ソーンダースが手を上げた。「君のお母さんは友だちに話してしまうだろう。僕が電話をして、君はぶじだと言っておくよ」

「それじゃ……それじゃ、私はロッキー・フォールズの祖母のところに行くと伝えてちょうだい」

「逃げだすのか？」ジュリアンがきいた。

ディー・アンは挑むようにあごを上げて、ジュリアンを見つめた。「私は最近ロッキー・フォールズの土地を手にいれたのよ。ちょうどいい機会だから、見てくるわ」

また電話が鳴った。ジュリアンの脳裏に、鳴りつづける電話、ファックス、陰湿な陰口、突きだされるマイクが浮かんだ。「いいアイデアだ、ディー・アン。僕も一緒に行くよ」

6

「そんな必要ないわ、ジュリアン」誰とも一緒にいたくない――とくにジュリアンはだめ。ディー・アンは、なごやかな態度をとろうと神経を張りつめてきたせいでひどく疲れを覚え、立ち上がった。カーターのオフィスで少しだけ眠ろう。それから地元のマスコミに匿名で電話をかけて、ニュース・バリューのありそうなちょっとした偽情報を流すのだ。そうすれば、取材陣はそっちへ行ってしまうだろう。

「いや、僕は行くよ」ジュリアンが椅子から飛び上がった。「前にちょっとだけ滞在して、すっかりロッキー・フォールズが気にいってしまったんだ」

「あら、そう」ディー・アンはまるで信用していない目でジュリアンを見た。「あなたには少し田舎すぎるんじゃないかと思っていたわ」

「いまは田舎がいいんだよ」ジュリアンの視線がディー・アンの胸元に落ちた。ディー・アンはパジャマの襟元がわずかに開いたような気がしていたが、彼の目を意識していると悟られるのがいやで、そしらぬ顔を押しとおした。

「僕も行くよ」ソーンダースも立ち上がった。

「だめ！」ディー・アンとジュリアンが同時に叫んだ。

「べつべつに行動するのが一番いいと思うわ」ディー・アンはパジャマの襟元をつかんで言った。「ヨーロッパの田舎にでも行ってみたらどう？」

「八月のヨーロッパなんて冗談じゃないよ。それに、この、なんと言うか……重大時に、君を見捨てるのはどうも気が進まない」ジュリアンはちらりとソーンダースを見ながら言った。

「重大時ってどういうこと？」

「マスコミの注目の的になっていること、これがまず一つだ」

「で、ほかにもあるの？」

ソーンダースが横から口をはさんだ。「この二十四時間の行為の結果が、まだはっきりと確認されていない」

なんですって？　ディー・アンは二人の男の顔を見つめた。私が訴えるとでも思っているの？　そんなことをして、これ以上マスコミの注目を集めたがっているとでも？　とんでもない話だわ。

それに、いったい誰を訴えるの？　警察？　沿岸警備隊？　あの人たちは仕事をしただけだ。それじゃ、ベルデン夫妻？　いいえ、二人はヨットが盗まれたと思ったんだもの。

ジュリアンを訴える？　それはできるかもしれない。でも、昨夜《ゆうべ》の記憶がほとんどないのだから、いったいなんの罪で訴えればいいのかわからないし、どうも自分から進んではしゃいでいたような痕跡《こんせき》もたくさんあった。

ジュリアンはエレガントな横顔をディー・アンに見せて、ソーンダースをにらみつけている。完璧《かんぺき》な形の鼻だわ——そう思った瞬間、心臓がどきりとした。もし……。

もしはじめからやり直せたら。でも、そんなことはできない。ここから逃げだすのは早ければ早いほどいいのだ。「私にとっては、今度のできごとはもう終わったのよ。一つのエピソードとしてそっとしておきましょう」

「でも、マスコミは……」ソーンダースが言う。

「すぐにつぎの標的を見つけるわよ」ディー・アンはきっぱりと言いきり、ドアにむかった。「お二人の親切に甘えてすっかり長居してしまったわ」

「そんなことないよ」ジュリアンが不自然なほど強い口調で言った。「まだいいじゃないか。それはそうと、ソーンダース、もう遅いよ」

「ほんとだわ。二人とも、おやすみなさい」

「だめだ、待ってくれ」ジュリアンがディー・アンの前に立ちふさがった。「コーヒーはどう？　いや、紅茶のほうが好きだったね？」

なんだかジュリアンらしくない。

ジュリアンとベルデン夫妻はディー・アンの同業者だし、社交的にも同じグループに属しているから、これからも顔を合わせないわけにはいかない。こんな騒ぎのあとでは、彼らの顔合わせはきっとみんなの注目を引くだろう。ディー・アンとしては、平静な顔でジュリアンたちとつきあっていきたかった。いまのままなら、それができる。だから、ジュリアンにこれ以上なにも言ってほしくなかった。

でも、ジュリアンは低い声でささやいた。「君と二人だけで話したいことがあるんだ」

もう充分話したわ。「ジュリアン、心配しないで。二度とこの二十四時間の話を持ちだすつもりはないから。あなたの思慮深い行動に感謝してます」ディー・アンは、すごい勢いでメモをとっているソーンダースをにらみつけた。「全部ちゃんと書けた？　もう一度くり返しましょうか？」

「いやいや、大丈夫。だけど、できればあと一言だけ――」

「ソーンダース！」ジュリアンがいまにも堪忍袋の緒が切れそうな顔で叫んだ。

ディー・アンは彼の腕に手をかけた。「いいのよ、ジュリアン。すぐ訴訟沙汰《ざた》になる世の中なんですもの。ソーンダースはあらゆる可能性に対する防衛手段を講じているんでしょ」

「昨夜ジュリアンが、非常に決定的な瞬間に防衛手段を講じるのを忘れたからだ」まだメモをとりながら、ソーンダースが言った。

「ソーンダース、頼むからやめてくれ」

「昨夜って、なんのことなの？　結婚証明書？」

「そうじゃない」ジュリアンがあわててディー・アンをドアのほうに追い立てた。「明日ロッキー・フォールズに行く途中でゆっくり話をしよう。二人きりになってから。いまはとにかくぐっすり眠ったほうがいい」片手をディー・アンの背中にあて、せき立てるように廊下を歩く。「カーターのオフィスのソファを広げると、ベッドになるからね。シーツと枕《まくら》はバスルームの戸棚に――」

「ソーンダースはなんの話をしているの？」カーターのオフィスの戸口で、ディー・アンはジュリアンを見上げた。

　こうなってはしかたがない。ジュリアンはごまかすのをあきらめた。しばらく宙を見つめたあとでディー・アンの目を正面からのぞきこみ、彼は言った。「僕が防衛手段を忘れた、というソーンダースの言葉は、抽象的な意味合いじゃないんだよ。僕たちは、妊娠の可能性があるかどうかについて話し合わなければならない」

　妊娠。ディー・アンは息をのんだ。それだったのか。二人は、私が妊娠しているかもしれないと思って心配していたのだ。心臓がどきどきしはじめ、ディー・アンはふいに乾いてきた唇をなめた。考えもしなかった……妊娠なんて！「妊娠してるかもしれないというの？」声がうわずり、かすれた。

「僕のほうは身に覚えがあるよ」

ディー・アンは目を閉じた。「思いだせないわ……」

「残念だよ」がっかりしたような口調だった。

ディー・アンははっとして目をあけ、必死に言った。「違うのよ、ジュリアン、あなたはとても……すてきだったと思うわ」

「でも、記憶に残るほどじゃなかった」

男って、こういうことには救いがたいプライドを持っているものなんだわ。いつも洗練された紳士ぶりを見せているジュリアンも例外ではないとわかって、ディー・アンはなんだかおかしくなった。「あなたが悪いんじゃないわ。私の調子が悪すぎたのよ」

「そんなことはないよ」ジュリアンの声は優しかった。「君はすばらしかった」

「酔っぱらっていたと言いたいんじゃないの？」

ジュリアンがくすくす笑った。「もちろん一度目は、なかなかうまくいかなかったが——」

「一度目ですって？」

「でも、二度目は……」ジュリアンは秘密めかしたほほ笑みを浮かべてほうっと息を吐いた。「まさに恍惚《こうこつ》としてしまった」

「恍惚？」少しだけでも思いだせたらいいのに。

「三度目のことは気にしなくてもいいと思う」

「三度目……」ディー・アンのからだがかっと熱くなった。

「どうして気にしなくていいの?」

ジュリアンがおどけた顔をした。「妊娠の可能性のない方法だったからさ」

ディー・アンの目が大きくなった。詳しく尋ねる気はなかった。きっと口からでまかせだ。少なくとも、いくらかは。三度もなんて、嘘《うそ》に決まってる。「じゃ、三度目は計算にいれなくても、私が妊娠している可能性はあるわけね」頭がおかしくなったような気がしたが、まだ完全に打ちのめされていたわけではなかった。たぶんなに一つ覚えていないせいなのだろう。

「君が避妊しているのでなければ、妊娠の可能性はある」ジュリアンの口調はあまり嬉《うれ》しそうではなかった。彼にとっては、いや、こういう立場におかれた男なら誰にとっても、ひどく深刻な問題なのだ。

「私は子供がほしいの」ディー・アンはジュリアンを見上げた。「カーターと私はすぐに子供を作るつもりでいたわ」そして、結婚がだめになったことよりも、子供を産めなくなったことのほうが残念だった。「だから、避妊はしてないわ」

「わかった」ジュリアンはじっとディー・アンの目をのぞきこみ、ぐいと引き寄せた。シルクのパジャマを通して、彼の腕の温かさが伝わってくる。一瞬、夫と話しているような錯覚に身をまかせる。あれこれと予定を立てたり、子供の名前を考えたり……。

でも、ディー・アン・カレンブロックに夫はいない。そしていま、未婚の母となるか、ジュリアンが結婚を申しこんでくれたら大急ぎで結婚するか、どちらかの道を選ばなくてはならなくなるかもしれないのだ。きっとすごい騒ぎになるわ。ガルベストン中の人間が日数を数え、そしてすぐ結論に達する。ディー・アンのからだが震えた。

「大丈夫だよ」ジュリアンがなだめるように言った。ディー・アンの耳に彼の息がかかった。「君を一人で試練に立ちむかわせはしない。結果がわかるまで、ずっとそばにいるよ」


その夜、ディー・アンはよく眠れなかった。一度は婚約していた男のオフィスのソファベッドで、寝返りばかり打っていた。着ているのはべつの男のパジャマで、いまおなかのなかにはその男の子供がいるかもしれないのだ。考えつづけて、一つだけはっきりしたのは、ジュリアンに結婚を申しこまれたくはないということだった。名誉を重んじる彼としては、きっとプロポーズするだろうが。

でも、ディー・アンもまだプライドをなくしてはいなかった。しぶしぶ申しこまれた結婚を受けいれる気はない。

例の引き裂いてしまった結婚証明書を信用するとすれば、どうやら一度はジュリアンのプロポーズを受けいれたばかりか、実際に結婚までしてしまったらしい。そして、ヨットで新婚旅行に出かけたのだろう。必要なら、後ろ指を指す者たちに、昨夜の儀式のことを発表すればいい。日にちについてはうまくごまかして……。

なにを考えてるの?

昨夜のことは間違いなのよ。

いくらジュリアンが結婚したいと言い張っても、それはできない。絶対に。

夜明け前に、ディー・アンはとうとう眠るのをあきらめて起き上がり、カーターのクロゼットをかきまわした。Tシャツとジョギングショーツ、それにジョギングシューズをとりだす。思ったほどぶかぶかではなかったが、大きいことに変わりはなかった。あまり遠くまで歩かずにすむといいのだけれど。

髪をざっとポニーテールにまとめ、そっとカーターのオフィスを忍びでた。

ジュリアンのオフィスのドアは閉まっている。ディー・アンはその外にきちんと畳んだパジャマをおいた。

夜勤の警備員がちょうど帰るところで、ディー・アンの車がおきっぱなしになっているホテルまで乗せてくれた。

だが、警備員の車が行ってしまってからはじめて、車のキーがないことに気づいた。運転免許証も持っていない。バッグもない。家の鍵《かぎ》も、お金も。

東の地平線がうっすらと暁の色に染まりはじめていた。どうすることもできない。ホテルのフロントに行って助けを請うしかなかった。ディー・アンはみじめな気分で、とぼとぼとガルベストン一の高級ホテルの入り口にむかった。

はいているのはカーターのジョギングシューズ。靴下もない。

下着もつけていない。

どうしてこう毎日新たにみじめな思いをしなければならないのだろう？

すっかり気後れしてしまいそうになったとき、ディー・アンとそっくりの格好をしたカップルが階段を駆け下りてきて、すれ違いざまに軽く挨拶《あいさつ》していった。どうやら同好のジョギング仲間だと思ったらしい。

それに力を得て、ディー・アンは大きな靴を気にしながらスピードを上げて階段を駆け上がり、フロントにむかった。

いかにもジョギングをしてきたように、ひとしきり息を整えるふりをしてから声をかける。「ディー・アン・カレンブロックといいますが――」

「少々お待ちくださいませ」フロント係が立ち上がり、背後のメイルボックスにむかった。客だと思って、メッセージをチェックしようとしているのだ。でなければ、マスコミに通報するつもりだろうか。思わずディー・アンが声をかけようとしたとき、フロント係はメイルボックスから紙をとりだし、角を曲がって姿を消してしまった。

ディー・アンはそわそわと後ろをふり返った。でも、誰も彼女には興味を持っていないようだ。それに、もっと気がかりなのは、昨夜のニュースに出ていただらしない格好の女だと見破られることだったが、そのほうも大丈夫らしい。

やがてフロント係は、ぐっしょり濡《ぬ》れ、砂まみれになっている薄いブルーの塊を持って戻ってきた。

「私のバッグだわ！」奇跡だ。運命の女神が哀れみをかけてくれたのにちがいない。

「はい。砂浜を掃除していた者が見つけました」

唖然《あぜん》としながら、ディー・アンはすでに錆《さ》びかけている留め金をあけた。なかも濡れて砂が入っていたが、財布とキーがちゃんとある。あまりの幸運に信じられないような思いだったが、とにかく財布をあけると、褐色のすばらしいフロントデスクの上に砂が飛び散った。

財布の中身はぶじだった。お金。クレジットカード。運転免許証。これで自由になれる！

ディー・アンは気前よくチップをはずむと、ホテルを飛びだした。

家。家へ帰るのだ。

家の近くまで来てから、はじめてマスコミのことを思いだした。まだ見張っているだろうか？　フロント係はあのチップで満足せずに、マスコミに通報してしまっただろうか？

びくびくしながら角を曲がったとたん、ディー・アンの足はブレーキを踏んだ。

通信用のアンテナをつけたワゴン車が一台だけ、家の前に停《と》まっている。まだ早朝とはいえ、もう夜は明けている。月曜日だから、すぐに道は通勤の車でいっぱいになるだろう。いま出かけなければ、逃げる機会を逃してしまう。

危険な賭《かけ》だが、やってみるしかない。ワゴン車の横をすり抜け、できるだけ早く荷物を詰めこんで、ロッキー・フォールズにむかって出発しよう。もし後をつけられたとしても、ある程度町から離れてしまえばマスコミもきっとあきらめるだろう。

ディー・アンはギアをいれて、ゆっくりと車を出した。

今度も、運が味方した。車回しに入っていっても、ワゴン車の内部に動きは見られなかった。きっと眠っているのだ。

ガレージは空だった。つまり、両親はいないということだ。たぶん昨夜は帰らなかったのだろう。両親と顔を合わせてあれこれ言い訳しなくてもすむと思うとほっとして、ディー・アンはガレージから家にむかって走った。

震える指で鍵をあけ、なかにすべりこむ。

これで安全だ。

少なくとも、いましばらくは。

「彼女がまっすぐロッキー・フォールズにむかってないと、どうして言いきれるんだ？」

ジュリアンのクロゼットのなかから、ソーンダースが言った。ジュリアンは荷物を詰めこむ手を止めて、顔を上げた。「もし行ってしまっていたら、君が僕を乗せていってくれればいい」

「いいか、ジュリアン、君の運転免許証やクレジットカードを再申請するのはいいよ。でも、僕には仕事があるからここを離れるわけにはいかない」

ジュリアンはユーモアのかけらもないほほ笑みを浮かべた。「カーターが二週間の休暇を与えたはずだよ」

「その間に、たまった仕事を片づけるつもりでいるんだ」

ジュリアンは革の鞄《かばん》のファスナーを閉めた。「どうせ片づきっこないよ、ソーンダース」

「君のせいでな。それはそうと、万一の場合に備えて、書類を――」

「彼女は訴えたりしない」

「いまはそうでも――」

「将来も、だ」ジュリアンはきっぱりと言いきった。もし子供ができていたら、結婚する。それで解決だ。

「わかった、わかった」ソーンダースがクロゼットを出て、隅においてある運動器具に近づいた。

だが、ジュリアンがソーンダースの気をそらしてしまった。「鞄を持ってくれ」と言いながら、自分は革の鞄を持ち上げる。

ソーンダースはあっさり鍛錬をあきらめた。「ロッキー・フォールズなんていう田舎町に行って、なにがおもしろいんだい？」

ジュリアンはこの二日間に発見した新しいディー・アンのことを思ってほほ笑んだ。

「むこうへ行ってみたらわかるさ」

荷物を詰めるのに夢中で、はじめディー・アンは裏口のドアを叩《たた》く音に気づかなかった。やっと気づいたときにも、きっとマスコミだろうと思って無視していた。

「ディー・アン、いるんだろう？」くぐもってはいるが、聞き覚えのある声だった。

まさか、ジュリアンが？

でも、確かに彼の声だ。

「帰って！」ディー・アンは階段の上から叫んだ。

「ディー・アン、いれてくれ。話があるんだ」

どうしてこんなに早く私の居場所がわかったのかしら？「私は話したくないの」

「でも、いつかは話をしなくちゃならないんだぞ」

「いつか、べつのときにするわ」

「ドアをあけて」厳しい声だった。いつもの愛想のいいジュリアンの声とは違う。梃子《てこ》でも動かないつもりなのだ。

逃げ道を探して、ディー・アンは寝室の窓に目をやった。若いときでもあそこから下りることはできなかったんだから、いまはもっとむりだ。唯一希望があるとしたら、マスコミが彼に殺到してくることぐらいだ。そうなったら、いくらジュリアンでも逃げださないわけにはいかないだろう。

「ディー・アン・カレンブロック、ここをあけるんだ！」

「ジュリアン、マスコミの人たちに聞かれるわよ」

「聞かせればいいさ」ジュリアンがますます大きな音でドアを叩いた。「話をするまでは動かないぞ」

このままでは、きっとドアが壊れてしまう。

ぞっとして、ディー・アンは階段を駆け下り、乱暴にドアを引きあけた。「どういうつもりなの？」

ジュリアンはなかに入りこんだ。「わかっているはずだ、話がしたいんだよ。それなのに、君はまるでこそ泥みたいに朝早く逃げだしてしまった」

ディー・アンは挑むようにあごを上げた。「あなたが眠っていたからよ」

「冗談じゃない」ジュリアンが髪をかき上げた。

ディー・アンは言い返しそうになったが、確かにジュリアンは疲れた目をしていた。どうして眠れなかったのか、想像がつく。紳士らしくふるまうために気ままな独身生活を犠牲にするのがいやなのだ。

でも、そんなの、私に関係ないわ。いやいや結婚してもらうぐらいなら、一生未婚のままでいい。ディー・アンはきびすを返して二階へむかった。「話があるならいますぐ言ってちょうだい。荷物を詰めたらすぐロッキー・フォールズに行くんだから」

ジュリアンが後ろからついてくる。「一緒に行くと言ったはずだぞ」

「忘れるのね」

「いやだ」

ディー・アンは一瞬ジュリアンをふりむいたが、彼の断固とした目を見て肩をすくめ、そのまま階段を上がりつづけた。「ソーンダースはどこなの？　あなたが変なことを口走らないようについてこなかったの？」

「ここまで送ってから、僕の車を見に行ったよ」

「今朝見たわ。ぶじだったようよ」

「ディー・アン、僕の車の話をしに来たんじゃないんだ。君がこれからどうするつもりなのか、聞きたいんだ」

「決まってるのは、六時のニュースが終わる前にここを出たいということだけよ」

ディー・アンの寝室のドアに近づく。四本の支柱のあるベッドがおかれ、天井まで紫色の壁紙の貼《は》られた、子供時代からの寝室。ずっとこの部屋が大好きだったが、いまでは少し自分がおとなになりすぎたような気もする。でも、カーターに捨てられたあと、ふたたびこの家の娘として暮らすようになったときには、慣れ親しんだこの部屋にとても心をなぐさめられた。

そしていま、この家の一人娘は、寝室に男性をいれようとしている。なかに踏みこんだジュリアンの視線が部屋をさまよう。なにを思っているのだろう。私と同じように、彼もふいにきまり悪さを感じているのだろうか。

この家ですごした長い年月の間、ディー・アンは一度も男の子を、ましてや男性を、自分の寝室にいれたことはなかった。いまそれが破られたのだ。一人きりで住んでいた部屋には男性をいれたこともあるが、それとは違う。ここは両親の家だ。なぜかここにいるときの自分はひどく傷つきやすいような気がしたし、両親に見られたらきっと叱《しか》られるだろうと心が痛んだ。

そんな思いをふりはらおうと、ディー・アンは手あたりしだいに荷物を詰めはじめた。

「君はよく考えて――」

「いいえ！」ディー・アンはスーツケースに下着を押しこんで、ばたんと閉めた。「まだ妊娠してるかどうかもわからないのよ」足早にバスルームに行き、化粧品をバッグに放《ほう》りこむ。

ジュリアンがバスルームの戸口に立つと、白い洗面台に彼の影が落ちた。「君がどんな決心をしても、僕はそれを支持するつもりだよ」

ディー・アンは鏡に映る彼の視線をとらえた。彼は穏やかな表情で、励ますようなほほ笑みを浮かべていた。頼りがいがありそうに見える。強くて自信に満ち、信じられないくらいハンサムだ。

ディー・アンは泣きだしてしまいそうな気がした。どうしてこんなに優しくするの？ 優しくなんかしないで。私は腹を立てていたいんだから。「ありがとう」やっとディー・アンは声を出した。

「結婚という選択肢もあるんだよ、ディー・アン」

結婚という言葉が胸を突き刺した。「どうしてそんなことを言うの？」くるりとふりむいたとたん、ジュリアンの顔に当惑の表情がよぎるのがわかった。「答えなくていいわ」バッグとドライヤーをつかんで、ジュリアンのかたわらをすり抜け、バスルームを出る。

「ディー・アン――」

「やめて、もうなにも言わないで」ディー・アンは化粧バッグのファスナーを閉め、スーツケースに押しこんだ。荷物が多すぎて、ふたが閉まらない。中身をかきまぜ、もう一度やってみたが、どうしても片側の留め金が閉まらなかった。

もうこれでいいわ。

そのままスーツケースを持とうとしたディー・アンをジュリアンが止め、またふたをあけた。

「ジュリアン、ほっといてちょうだい。とにかくここを出たいの」ディー・アンは靴と仕事関係の書類だけをいれた小さなスーツケースをとり上げた。

ジュリアンは知らぬ顔でディー・アンの衣類をきちんと畳み直し、大きな音をたててふたを閉めた。そしてスーツケースを床に立てると、その上に座った。「これで話ができるかい？」

「いいえ」

ジュリアンはまつげも動かさない。

ディー・アンはむっとして言った。「はっきりしたらすぐに知らせるわ」

なんの効き目もなかった。

「あなたの言うとおりにするまで、そのスーツケースをわたさないつもりなの？」

「そうだ」

「ずいぶん卑怯《ひきょう》な作戦ね、ジュリアン」そう言いながらも、なぜか彼の頑固さが嬉しかった。

ジュリアンがにやりと笑った。歯までエレガントに見える。

とても抵抗できない。そう、私はふしだらなまねをしたのかもしれないけど、でも、相手は最高の人だったんだからしかたがないわ。「お願い。マスコミにつかまりたくないの。それに、母が帰ってきたら、マスコミにつかまるよりもっと大変なことになるわ」

「それじゃ、車のなかで話そう」

「車って――まさか、まだ一緒にロッキー・フォールズに行くつもりでいるんじゃないでしょうね?」

「行くつもりだよ」ジュリアンの視線はひどく鋭かった。「それに、悪いが、運転は君に頼まなくてはならない。君のバッグはホテルの人間が見つけたようだが、僕の財布のほうは行方不明のままなんだ」

ジュリアンはスーツケースの上に腰を下ろしたまま、動こうとしない。時間は刻一刻とすぎていく。マスコミや母と対決するのと、三時間ジュリアンと一緒に車ですごすのと、どっちがましかしら?

答えは簡単だった。それに、二、三日もしたら、きっとジュリアンは田舎がいやになって町に帰るだろう。

もちろん、ディー・アン自身もそうしたくなるかもしれないが。

「わかったわ、ジュリアン。あなたの勝ちよ」

7

さりげない会話をかわすのがこんなに難しく感じられたのははじめてだった。

でも、同時に、とても楽しかった。

それとなく気を引くようなジュリアンの言葉も、思ったより不快ではなかった。みんな嘘《うそ》だとわかっていても、ジュリアンの言い方にはひどく説得力があり、ディー・アンは自分が彼の存在をいやがっていたことを、しょっちゅう忘れそうになった。

三時間の旅は思いがけないほど早くすぎていった。ジュリアンはすてきな道連れだった。はじめのうちディー・アンが少しも会話に協力しようという態度を見せなかったのに、ジュリアンはいつまでたっても快活さを失わず、ディー・アンを心底驚かせた。そして彼女は、驚くと同時に自分がずいぶん子供っぽい態度をとっていると気づいて、気持ちを切り替え、会話を続けるために協力することにしたのだった。一緒にいなければならなくなった理由については、二人とも慎重に避けて通り、あたりさわりのない話題だけを口にした。

ガルベストンを抜けるところまでは順調だったが、ヒューストンに入ったとたんに朝のラッシュアワーにつかまってしまった。

渋滞した幹線道路をのろのろと進みながら、ジュリアンはヒューストンのさまざまなレストランで所蔵しているワインについて蘊蓄《うんちく》をかたむけた。「バイユー・コートには、赤ワインのすばらしいコレクションがあるよ」

「まあ、すてきね。あそこの大きなステーキを食べて血管を詰まらせたいなら」

「サラダを食べながら、水みたいに薄い白ワインを飲んで僕の自慢の味覚をだめにするくらいなら、血管が詰まったほうがましだよ。白ワインは女の飲み物だ」

「白ワインが全部水っぽいとはかぎらないわ。それに、白ワインのほうが好きな人はどうなるの？　小さなステーキと一緒に白ワインを飲みたい人は？　好みはそれぞれでしょう？」

ここから、究極のディナーとワインについての楽しい軽口の応酬が始まった。

ジュリアンのほうがずっとたくさんワインの名前を知っていて、ヒューストンをやっと抜けだすころには、ディー・アンがこの先数カ月にわたって毎晩小粋《こいき》なディナー・パーティを開いてみたいと思うほどさまざまなワインの名前を聞かされた。

メニューを考えることに気をとられているうちに、やっと高速道路の入り口が近づいてきた。そのとき、ふいに明るい黄色の看板が目に入った。〝妊娠ですか？　お困りの方は連絡を〟そして、電話番号。

見なかったふりをしようとしたが、看板のすぐ下で信号につかまってしまった。

「そういえば」ジュリアンがグローブボックスに手を伸ばした。「この地図に書いてもいいかい？」

「なにを？」

「僕の自宅の電話番号は知らないだろう？」

ほんとうだわ。彼の子供を妊娠しているかもしれないというのに、その電話番号も知らないなんて。

電話番号を書きながら、ジュリアンはデザートのおいしいレストランの名前をあげ、そのあとカロリーを消費するための運動について話しだし、ディー・アンの狼狽《ろうばい》を救ってくれた。

あと一度だけぎこちない雰囲気が流れたのは、ロッキー・フォールズからそう遠くないところにあるテキサス・ヒル・カントリー・ワイン醸造所を見て、もうすぐ目的地に着くと気づいたときだった。いつのまにか、どうしてこんな旅をしているのか忘れて、二人で週末の遠足の予定を立てていたのだ。

ディー・アンが唐突に口をつぐむと、ジュリアンはあからさまにため息をもらして話題を変え、目的地に着くまでそのまま話しつづけた。

「さあ、着いたわ、ここが麗しのロッキー・フォールズのダウンタウンよ。なんだかあっと言う間だったわね」四車線だけの通りの両側に店がならんでいる光景は、五〇年代を舞台にした白黒の暗鬱《あんうつ》なスリラー映画の撮影にぴったりだ。ディー・アンは横目でちらりとジュリアンを見てから、町外れにあるスナック・バーの駐車場に車をいれた。

「どうしてこんなところに入るんだ？　お祖母《ばあ》さんの店は確かすぐそこだろう？」

「だから、ここに入るのよ。先に話を決めておきたいの。きっと祖母が、どうして私とあなたが一緒に来たのかふしぎに思うわ」

「ほんとうのことを言ったらいいじゃないか」

ほんとうのことを言うには、長い説明が必要だ。それに、もうなにがほんとうなのか、確信が持てなくなっていた。「できればそれは言いたくないの」

ジュリアンは同情するようにほほ笑んだ。「もうお祖母さんは知ってるんじゃないのかな？　あんなにニュースに出たんだから」

「ガルベストンだけよ」

ジュリアンがじっとディー・アンの目を見つめた。

しかたなく譲歩する。「わかったわ、ヒューストンのニュースにも出たわね。でも、この辺の人はガルベストンの事件なんかに興味は持たないわ」

「今朝の新聞を見たかい？」

新聞ですって？「いいえ……ひどかったの？」きき返したディー・アンを、ジュリアンが見つめた。手入れをしていない金髪はかすかにウエーブがかかって、あごの下まで伸びている。目が怯《おび》えたように大きく見開かれ、十歳も老けて見えた。今朝の新聞を飾っていた脚の長い水着姿の美女とは、似ても似つかない。

カーターの会社を買収しようとしていたときの、冷静で驚くほどやり手の女性とも違う。はじめはほんの新米の小娘を相手にしているつもりだったのだ。でも、その新米の小娘は、経営管理学修士《MBA》の資格とビジネスに対する鋭い感覚を持っていた。

いつもは非情なビジネスマンに徹しているディー・アンの父親が不覚にも感傷的なところを見せなければ、きっと彼女のほうが勝っていただろう。

ヴィクター・カレンブロックとその娘は仕事の上でさまざまな敵を作ってきた。いまその敵たちが、親子を中傷する情報をこぞってマスコミに流そうとしている。

でも、ジュリアンとカーター・ベルデンだって、少しは敵を作ってきた。

今度のできごとは、退廃した金持ちがその報いを受けたのだという形で報道されている。運悪く、ほかに大きな事件もなかった。こんなときにハリケーンでも来てくれればいいのに。

「ちょっと待ってて」ジュリアンは車を降りて、新聞の自動販売機に歩み寄った。ディー・アンも自分の目で見ておいたほうがいい。

車に戻ると、ジュリアンは新聞を広げ、ディー・アンが顔にTシャツをあてて脚をさらけだしている写真をあらためて眺めた。ジュリアン自身は上半身だけが映っていた。

「前にも言ったけど、もう一回言わせてもらうよ――君はすばらしい脚をしている」新聞を差しだしながら言う。

「あらまあ」ディー・アンは表情も変えずに写真を眺めながらつぶやいた。「あなたの写真は悪くないわね」

ジュリアンはびっくりしてディー・アンに目をむけた。

その視線を冷静に受けとめて、ディー・アンは言った。「私があなたを魅力的だと思っていることは、秘密でもなんでもないと思っていたわ」

ジュリアンはめったにまごついたりするような人間ではなかったが、いまはすっかり当惑していた。まさかディー・アンがこんな反応を見せるとは思ってもいなかったのだ。

「ずいぶん冷静なんだな」彼は慎重に言葉を選んで言った。

ディー・アンが首をのけぞらせ、声をあげて笑いだした。こんな彼女を見るのもはじめてだ。ジュリアンの顔に心配そうな表情が浮かんだ。

その顔を見て、ディー・アンはまた笑った。「私の頭がどうかしたと思ってるんでしょう?」

「いや、ただ、ショックが強すぎたのかと思って」

ディー・アンはまじめな顔になって新聞を指さした。「ずっと新聞を見るのが怖かったけど、ほっとしたわ。どうしてかわかる？」

ジュリアンは首をふった。

「だって、これ以上書くことはなにもないじゃない。私たちはここにいるし、ベルデン夫妻は新婚旅行に行ってしまった。告訴はとり下げられた……もうなにもないわ」ディー・アンはため息をついてハンドルを握りしめた。「だけど、祖母にはなんて説明したらいいのかしら？」

「僕と婚約したと言えばいいさ」

「まさか」

「どうして？」

ディー・アンは、まるで画集にいれようかどうしようかと迷いながら作品を眺めている画家のような目で、ジュリアンをじっと見つめた。「祖母に嘘をつきたくないの」

「嘘にしなければいいさ」無意識のうちに、ジュリアンはそう口にしていた。どうしてこんなことを言ってしまったんだろう？　静かな車内にその言葉がしみわたったとき、ほかならぬジュリアン自身が一番驚いているような気がした。

いや、よけいに用心深くなっていた、と言ったほうがいいかもしれない。

ディー・アンが新聞を畳んだ。まるでスクラップブックに貼《は》るためにとっておこうとでもいうように、ひどく丁寧に。それからやっと視線を上げて、ジュリアンの目を見つめた。

「むりよ」

「どうして？」

ディー・アンはヘッドレストに頭をもたせかけた。「あなたが結婚に興味のないことは、ガルベストン中の人間が知ってるわ」

「人は変わるものさ」

「でも、あなたは変わらないわ」首をまわしてジュリアンを見る。「去年の冬に私を誘ってくれたときには、もしかしたら変わるかもしれないと思ったわ。でも、あのときあなたははっきりと、結婚する気はないと言ったでしょう」

ジュリアンはうなずいた。「そして君のほうは、結婚したいとはっきり言った」

「なのに、どうしてまた私を誘ったの？」

君を抱きたかったからさ。でも、それは言えない。「君はどうして誘いにのったんだ？」

ディー・アンの目がきらりと光った。「あなたの鼻のせいよ」

「なんだって？」

ディー・アンが笑う。「私の祖母に会ったでしょ。父も知ってるわよね。家族にああいう鼻の持ち主がいると、女の子は自分の子供の父親になる人をとても慎重に選ぶ必要があるのよ」

ジュリアンは唖然《あぜん》とした。「君の鼻はふつうじゃないか」

「いまはね。私が生まれたとき、母は万一に備えて、鼻の手術のための貯金を始めたのよ」

「冗談だろう」ジュリアンはディー・アンの鼻を子細に眺めた。先がちょんと尖《とが》ってもいないし、特別細いわけでもない。人工的にいじった形跡などどこにもなかった。

ディー・アンは鼻の横側を指さした。「祖母も父も、ここの内側に小さな骨の塊が突きだしていたのよ。鼻炎にかかりやすいから、二人とも手術でとってしまったわ。で、私もそうすることになったとき、ほんの少しだけど余分な手術もつけ加えたの。見た目まで変えたんじゃなくて、ただバランスを整えただけよ。それでも、高校一年の夏休みが丸々つぶれてとても悲しかったわ」と、大げさなため息をつく。「あなたの誘いを受けたのは、私の子供たちにそんな経験をさせずにすめばいいなと思ったからよ」

ジュリアンはサンバイザーを下ろして、裏側についている鏡をのぞきこんだ。いままで鼻の形など気にしたこともなかった。「君は、去年の冬や二日前の夜には、僕を君の子供の父親にしてもいいと思っていたんだろう？　どうしていまはだめなんだ？」

「私が妊娠しているかもしれないから結婚する、というのがいやなの」

「結婚するなら、それ以上にいいタイミングはないじゃないか？」ジュリアンはむりに軽い口調で言ったが、自分の耳にさえぎこちなく響いた。返事はなかった。「ディー・アン、先のことはわからないんだからさ、うまくいくかもしれないよ」

ディー・アンはさっとからだを起こした。「いきっこないわよ！　あのときのこと、私はいまでも覚えてるわ。どうして仕事の量をへらしたのかってあなたにきかれて、私は結婚の準備のためだと答えたわ。子供が小さい間は家にいたいからって。あなたは〝子供〟という言葉を聞いただけで、震え上がったじゃないの。ほんとに身震いしてたわ」

「意識して震えたわけじゃない」

「でも、あなたの気持ちはよくわかったわ。で、望みはないと思ったから、あなたと別れたのよ」

「別れるのは、例のデートのあとまで待ってくれればよかったのに」

「あら、やめてよ！　あれはデートじゃなくて、仕事上のレセプションだわ。それに、そのことはもう謝ったじゃないの」ディー・アンは苛立《いらだ》たしげにギアをいれ、車を出した。「祖母には、とにかくみんなとんでもない誤解なの、とでも言っておくわ」

「僕はただ、君がほんとうに妊娠しているとしたら、婚約者同士ということにしておいたほうが、お祖母さんのショックが少ないんじゃないかと思っただけだよ」

　車を通りに出す前に、ディー・アンは一瞬ジュリアンに視線をむけた。「で、もし妊娠していなかったら、どうするの？　また私の婚約破棄の記録が一つふえるわけ？」

　アイス・ブルーの目を見返したジュリアンは、ふと寒気をおぼえた。妊娠していなければ、当然結婚する必要はないものと思っていた。ディー・アンが違うふうに考えるとは、思ってもいなかったのだ。

ディー・アンは傷ついている。その思いが、ワインの澱《おり》のようにジュリアンのなかに沈んでいった。

しくじってしまった。完全に。

でも、ひょっとしたら、まだなんとかやり直せるかもしれない。

婚約者。ジュリアン・ウェインライトは、私がその言葉に大喜びで、いいえ、感謝感激して飛びつくと思っているんだわ。そして、きっともう頭のなかでは離婚の計画を立てているのだ。

冗談じゃない。子供をいやがっている父親なんて、いないほうがましよ。

それに、結婚をいやがっている夫もいらない。

ジュリアンはディー・アンの最後の質問には答えなかった。そのこと自体が答えだ。

KKコーヒーショップはメインストリートに面していて、ルイーズのランドリーショップとドラッグストアにはさまれている。クリーニングが終わるのを待ちながら、あるいは薬の調合ができるのを待ちながら、KKコーヒーショップで暇をつぶす客が多い。カトリーナ・カレンブロックのコーヒーケーキはロッキー・フォールズの大部分の住民にとって欠かせない食べ物になっているのだ。

いま、メインストリートの両側にはずらりと車が停《と》まっていた。

「昼時だからな」

「そうね」洗濯物を抱えて車にむかう女性を見つけて、ディー・アンはブレーキを踏んだ。女性の車が出ていったあとに、車を停める。「話は私にまかせておいて。いいわね？」返事を待たずに車を降りて、ドアを閉める。

さてと、慎重にやらなくては。なにごともなかったような顔で入っていくのがいいだろうか？　それとも、へたなお芝居はしないほうがいい？　もし客が私に気づいたらどうしよう？

ディー・アンはパーキングメーターのかたわらに立ちつくしたまま考えこんだ。ほんとうは、道中くだらないおしゃべりなんかしていないで、ちゃんと考えておくべきだったのだ。

銀灰色の湯気を上げている薄い茶色のコーヒーカップが、建物の横に突きだしている。その受け皿には、古風な書体のＫＫコーヒーショップという文字。夜になると、湯気とカップと受け皿がネオンで明るく光る。でも、たいていはどこかの電球が切れていて暗い部分が残り、シュールな絵のような印象を与える。また、電球が切れる寸前にちかちかとまたたいているときには、店のなかがまるでロック歌手の宣伝用ビデオのように見える。

ぞっとするわ。

でも、私がここの持ち主なのだ。

それに、ルイーズのランドリーショップとドラッグストアも。

ジュリアンがディー・アンの肘をとった。「行こう。いつかは行かなくちゃいけないんだから」片目をつぶってみせてから、ピクチャーウインドウのほうにあごをしゃくった。「みんな、君を見てるよ」

ほんとうだった。ディー・アンは急に吐き気を感じた。

もしかして、つわり?

ドアをあけると、カウベルが軽やかな音をたてた。

客が手も口も止め、好奇心を隠そうともせずにじっと二人を見つめた。ロッキー・フォールズの住民にとって、きっとディー・アンは不道徳な女なのだ。

後ろから、低いささやきが聞こえた。

「笑って」ジュリアンが背中をつつく。

そうね。「こんにちは!」ディー・アンはにこやかにほほ笑んで客に手をふり、キッチンにむかった。

「ディー・アンじゃないの!」小柄な祖母が、びっくりしたようにぽかんと口をあけた。

祖母と一緒にいた二人の初老の女性がじっとディー・アンを見つめ、それから額を寄せてこそこそとささやきかわした。

まったくもう。「そうよ、私よ」ディー・アンは、あっけにとられている祖母に近づいて抱きしめた。

「ディー・アン、いったいぜんたいどういうことなの?」そう言ってからやっとジュリアンに気づいたらしく、祖母はドイツ語でまくし立てはじめた。

ディー・アンに理解できたのはほんの三分の一ぐらいだったが、べつに完全に理解する必要もなさそうだった。ジュリアンが不名誉な冒険の相棒だということは、もうばれているのだ。「お祖母ちゃま、こちらはジュリアン・ウェインライトよ」

「知ってるよ。おまえの前にこの店を買ってくれた人だからね」祖母はやっとまた英語を使った。「ごきげんいかが、ミスター・ウェインライト?」

ジュリアンは軽く頭を下げて、人なつこいほほ笑みを浮かべた。「またお目にかかれて嬉《うれ》しいですよ、ミセス・カレンブロック。あのすばらしいコーヒーケーキをぜひいただきたいものですね」

たぶんこんなことを言ったのだろう、とディー・アンは思った。あまりに流暢《りゅうちょう》なドイツ語なので、全部は聞きとれなかったのだ。

「おやまあ」カトリーナはえくぼを浮かべ、やれやれというように両手をふったが、すぐにその手を巨大な腰にあてた。「で、結婚するのかい、え?」ディー・アンとジュリアンに順番に指を突きつけて尋ねる。

「いいえ！」ディー・アンがあわてて叫んだ。

「はい」同時に、ジュリアンが答えた。

二人はにらみ合い、カトリーナはちっちっと舌を鳴らした。「ちゃんと答えておくれ」

「だから……」ディー・アンは口を開きかけたが、話はできなかった。ジュリアンが彼女の腰に腕をまわして、いかにも〝僕はディー・アンに夢中です〟というように笑ったからだ。

カトリーナが丸々した両手を打ち合わせ、じっと成りゆきを見つめていた二人の女性にむかってにっこりと笑ってみせた。

「覚えてらっしゃい」ディー・アンは低い声でささやいた。

「もちろん」ジュリアンもささやき返して、ついでにディー・アンの耳元にキスをした。

「ディー・アン」祖母がにこにこ笑いながらディー・アンを抱きしめた。「さあ、座って」大きな木のテーブルを指して言う。「ランチタイムの混雑が終わったら、新聞記事の説明を聞かせてもらうよ」

なにがいい、とききもせずにサンドイッチを二人の前におくと、カトリーナは二人の女性と一緒にキッチンから出ていってしまった。

「まるで婚約者みたいに思われてしまったじゃないの！」

「婚約してるなんて言わなかったよ」

「ここはアメリカの田舎町なのよ。きっとみんなはもう、私たちの子供の名前まで考えてるわ」

「必要になるかもしれないさ」ジュリアンはサンドイッチを口にいれた。「ふむ。コーンビーフだ。これにはどんなワインが合うかな？　ドイツ産の白だろうな。でも――」

「ビールよ」

「え？」

「これにはビールがいいのよ。ザワークラウトの入ったサンドイッチははじめてなのね？」

「へえ」ジュリアンはサンドイッチを子細に眺めはじめた。

「話をそらしたつもりなら、大間違いよ。祖母が戻ってきたら、ちゃんと誤解をといてほしいわ」

ジュリアンがサンドイッチを皿に戻した。「君のお祖母さんは僕たちが恋人同士だと思いたがっているんだよ。それに、そのほうが新聞記事のことも説明しやすい」

そして、もしかしたら生まれるかもしれない曾孫《ひまご》のことも説明しやすくなる。でも、もし結婚しなかったらどうなるの？　ディー・アンが彼を拒絶した愚か者みたいに見えるではないか。

「ドイツ語で祖母に気にいられたようね。卑怯《ひきょう》だわ、ジュリアン」

ジュリアンは肩をすくめた。「そもそも僕がどうやって店の売買契約にサインさせたと思っているんだい?」

議論では勝ち目はなさそうだった。それにあと数日すれば、どうでもいいことになるかもしれないのだ。

ディー・アンがむっつりと黙りこくっているうちに、祖母が戻ってきた。

「食事は終わったかい、かわいい子供たち?」カトリーナはジュリアンの隣の椅子に座り、もう一つの椅子の上に足をのせた。

「とてもおいしかったですよ」ジュリアンが答える。

ディー・アンはむっとした顔を見せた。

「それじゃ、どうしておまえたちが新聞沙汰《ざた》になったのか、どうしてうちの電話が鳴りっぱなしなのか、説明してもらおうかね。それに、どうしてあんなに泣きわめいているのかも」カトリーナは両手を上げて、天を仰いだ。「嫁のことだよ」とつけ加える。

「マ、ママはなんて言ってたの?」返事を聞くのが怖かった。

「筋の通ったことはなんにも言わないよ。でも、ヴィクターがおまえからなんの連絡もないと言ってたよ、ディー・アン」

「二人とも家にいなかったのよ」

「ほんとうにディー・アンのご両親に連絡しようとしたんですよ、ミセス・カレンブロック」ジュリアンがにこやかに口をはさんだ。「なにもかも誤解なんです」

「だけど、ディー・アン、おまえはどうして服を着ていなかったんだい？」

「水着を着ていたのよ。ヨットに乗っていたんですもの」

「新聞には、おまえたちがヨットを盗んだと書いてあったよ」

「マスコミがかってに書いたんですよ」ジュリアンがディー・アンをさえぎって言った。

「僕たちはカーターの結婚式に出ていて――」

「私のかわいいディー・アンを捨てた男かい？　私がドイツからだいじに持ってきたアンティークのレースがついたウエディングドレスを着たディー・アンを」カトリーナは袖口《そでぐち》からハンカチをとりだして目にあてた。

「そうよ、お祖母ちゃま。私たち、いまはもう友だちなの」

カトリーナは半信半疑の顔になった。

「ベルデン夫妻はヨットで新婚旅行に行くことになっていて、僕はその前にディー・アンにヨットを見せてあげたかったんです。ところが、運の悪いことにパーティ会場に薔薇《ばら》が飾ってあったんですよ」

「ディー・アンは薔薇のアレルギーだからね」

ジュリアンの説明もなかなか悪くないわ。ディー・アンはおとなしく引っこんでようすを見ることにした。

「で、薬をのんでいたので、眠くなってしまったんですよ。ディー・アンが眠ってしまったんで、しばらくそっとしておこうと思いました。ところが、僕までうとうとしてしまって、気がついたときには、ヨットが流されていたんですよ」

ずいぶん省略した説明だったが、とりあえずカトリーナは納得したようだった。

「それで、カーターがヨットを盗まれたと勘違いしたんですが、僕たちは沿岸警備隊に発見されるまで全然知らなかったんです。沿岸警備隊は僕たちがヨットを盗んだと思いこんでいたので、カーターとニッキーがやってきて誤解をといてくれるまでに、すっかりマスコミに注目されてしまったんです」

「大変な冒険をしたものだね」カトリーナの口調は思いやりにあふれたものに変わっていた。

一部始終を知ったらこうはいかないだろう。「マスコミがまだ私たちの家を見張ってるから、しばらくここにいようと思って。いいでしょ?」

「いいとも。おまえがいつこの店をやりに来るのかと思っていたところだったし、ちょうどいいよ」

「あら、だって……私、お祖母ちゃまの店をとるつもりなんかないわ」

カトリーナがふしぎそうに孫を見つめた。「それなら、どうしてここを買ったんだい?」

「私が買いとらなければ、この店が壊されてしまうからよ」

「それがどうしたんだい?」

びっくりしないの? 腹が立たないの? 裏切られたような気分にならないの? わかってないのかしら?「だって……だって、ここはお祖母ちゃまが五十年もやってきた店じゃないの!」

「五十年もやったから、そろそろ引退してもいいころだと思ってるんだよ。ルイーズとブリギッタも同じさ。死ぬ前にもう一度ドイツに行ってみたくてね。そしたら、ある日、このミスター・ウェインライトが私たちの夢をかなえてくれたのさ。コーヒーショップもランドリーショップもドラッグストアも一まとめに買ってくれて、旅費を計算にいれても、この先のんびり暮らしていけるだけのお金を払ってくれたんだもの」

「たいしたことじゃありませんよ」ジュリアンが謙虚につぶやいた。この人でなし。

カトリーナはジュリアンの手を優しく叩《たた》きながら、ディー・アンにきいた。「ところが、おまえのパパがここを買い戻した。どうしてなんだい?」

「お祖母ちゃまのためよ」

カトリーナがなにごとかドイツ語でつぶやくと、ジュリアンがびっくりしたように眉を上げた。

「とにかく、そろそろ後悔して買い戻したくなっているころだと思ったのよ」正直なところ、ディー・アンはそれに望みをかけていた。この買い物のおかげで、投資のための資金繰りがずいぶん苦しくなっているのだ。

　約束では父から返してもらうことになっていたのだが、やり手のビジネスマンである彼は、娘のディー・アン相手にも値切ろうとしている。

　とにかく、カトリーナがコーヒーショップに未練も持っていないとわかっても、いまさらなんの役にも立たない。

「店を買い戻す気はないよ。もう何年もおまえのパパに、店をやめたいと言っていたのに、まるで聞こうとしないんだから」カトリーナはどうしようもないというように両手を上げた。「売りたければ、売ればいいよ。でも、私は買わないからね。私のお金はほかのことに使わせてもらうよ」

「なにに?」ディー・アンの脳裏に、口のうまい詐欺師にだまされている祖母の姿が浮かんだ。ジュリアンに似た詐欺師に。

　カトリーナの目が輝いた。「ルイーズとブリギッタと私は、船で世界一周旅行をするんだよ!」

「船で世界一周ですって?　お金を……」私のお金なのよ。「世界一周に使ってしまうの?」

　祖母はにっこり笑ってうなずいた。

「パパは知ってるの?」

「とんでもない。言ったじゃないか、私の言うことになんか耳も貸さないんだよ」

「ミスター・カレンブロックにとっては、いい教訓になるでしょうね」ジュリアンがつぶやいた。

ディー・アンはジュリアンをにらみつけてから、また祖母のほうをむいた。「いつ発《た》つの？」まだキャンセルできるかもしれない。

「春だよ。でも、近々試しに、まず短い船旅をする予定なんだよ。ほら」と言って、ジュリアンのほうに身を乗りだす。「船酔いしないかとか、喧嘩《けんか》にならないかとか、ようすを見るためにね」

「いいアイデアですね！」ジュリアンは言った。

冗談じゃないわ。「それはいつなの？」

「明後日《あさって》だよ。それで、ヴィクターに誰か店をやる人をよこすように頼んでいたんだよ。でなければ、閉めていくしかないからね。でも……」カトリーナはぽんと膝を叩いた。「どっちみち、私にはもう関係ないけどね。今日おまえが来てくれてよかったよ、ディー・アン。行く前にいろいろと教えておけるからね」

「でも、私は――」

ジュリアンがわって入った。「お留守の間、ディー・アンと僕が喜んで店をやりますよ」

聞いてなかったの？　祖母はもう二度と店をやる気はないのよ。旅行中、店をあけたって、どういう意味があるというの？

ディー・アンは口を開きかけたが、ふとジュリアンの目配せに気づいた。いいわ、いまは調子を合わせておいてあげる。でも、あとでたっぷりと説明を聞かせてもらうわよ。

「そうね、喜んで」遅ればせながら、ディー・アンは言った。

「よかった」カトリーナは嬉しそうに両手を打ち合わせた。「つまり、なにもかも身内でちゃんとやっていけるってことね」

ジュリアンが手を伸ばしてディー・アンの手に重ねた。「ええ」

8

「ＫＫのコーヒーケーキの種はそんなふうじゃないはずよ」ディー・アンがきっぱりと言った。彼女は二つあるオーブンの一つにシナモンロールを三本分いれたところだった。ＫＫコーヒーショップのエプロンをつけた姿は、ジュリアンの目に、とても小粋《こいき》で有能そうに映った。でも、実際にディー・アンがシナモンロールを作ったわけではなかった。昨夜《ゆうべ》カトリーナが作って冷蔵庫にいれておいたので、あとは焼くだけでよかったのだ。

でも、見かけだけは、いかにもなんでもできそうに見えた。

「祖母の作ってたのは、そんなに泡が立っていなかったわ」

ジュリアンはぶつぶつと白い泡の立っている手元のボウルに視線を落とした。

「今日は泡が立つんだよ」ジュリアンがおどけて眉を上げた。「きっと、僕たちのことが好きなのさ」

「まじめにやってよ」祖母の書いてくれたレシピに目を通す。「分量が多いから、きっとあなたが量り間違えたのよ」

でなければ、カトリーナが書き間違えたのかもしれない。祖母は正確に分量をはかったりせず、いつも勘で作っていたのだから。

「レシピのとおりにいれたよ」ジュリアンは言い張った。

「やっぱり私がやるべきだったわ！」

ジュリアンはぐっと息をのみこんだ。言い争いはしないぞ。怒鳴ったりはしない。たとえ手が届いても、麺棒《めんぼう》で殴ったりはしない。

ディー・アンにしてみれば、名高いコーヒーケーキ作りをジュリアンにまかせたのは、大変な譲歩だった。開店前にはさまざまな雑事があり、どうしてもディー・アンでなければできないものも多かった。だから、コーヒーケーキの種をかきまぜる栄誉をジュリアンに与えたのだ。彼のほうから断ってくれればよかったのに。

「小麦粉一袋と砂糖一袋いれた？」

「うん」

「牛乳はどれくらい？」

ジュリアンは計量カップを指さした。「二・五リットルだ」

「卵は十九個？」

そう、十九個。ひどく中途半端な数なので、ジュリアンはよく覚えていた。「殻を数えてみる？」

ディー・アンが屑《くず》入れに近づくのを見て、ジュリアンはかっとなった。彼がコーヒーショップの手伝いをかってでてからのディー・アンの態度には、まったく腹が立つ。ジュリアンは、コーヒーショップをやるのは、二人がしばらくロッキー・フォールズに滞在するいい言い訳になると説明した。もしマスコミがここをかぎつけたとしても、ずっと前から予定していたのだと答えられるじゃないか。

完璧《かんぺき》な計画だ。で、ディー・アンは感謝したか？　とんでもない。

二人で朝の五時にＫＫコーヒーショップの開店準備を始めるのは、これで二日目だった。一日目はカトリーナが手伝ってくれた。言いかえれば、彼女がなにもかもやったということだ。今朝は、朝の便でマイアミに発《た》つために、もうカトリーナは友人二人とともにヒューストン空港にむかっていた。

いま、ジュリアンとディー・アンは二人きりだ。

ディー・アンはもっと楽しそうな顔をしなければ。小さな町で飲食店を経営するのは、客を楽しませるということなのだ。これではだめだ。

「ジュリアン……」ディー・アンが屑入れから缶を一つとりだした。「確かこのベーキングパウダーの缶は、昨日はまだいっぱいだったはずだわ」

「僕が全部使ったんだよ」

ディー・アンはボウルに近づいてのぞきこんだ。

かきまわすのに使っていた大きなへらが泡に持ち上げられて、いまにも外に落ちそうになっている。

「どれくらいいれたの？」

「レシピのとおりさ」ジュリアンは本気でうんざりしてきた。僕だって、料理のことをまったく知らないわけじゃない。凝ったディナーを作ることで有名なんだぞ。たいていの女性は僕の腕前に感心する。特製だろうがなんだろうが、コーヒーケーキぐらい朝飯前だ。

「四分の三カップって書いてあるじゃないの」

「よく見ろよ」

「見たわ」ディー・アンはレシピをジュリアンの鼻先に突きつけた。

「ほら、三カップだ」

「三カップですって？」悲鳴のような声だった。

「ディー・アン、やめてくれよ。朝ちゃんとカフェイン入りの紅茶を飲んだのかい？」

「レシピには、四分の三カップと書いてあるのよ。ベーキングパウダーをいれすぎたんだわ」

そうかもしれない。「悪かったよ。どうやら、間違えたようだ」カトリーナの字がひどく読みにくかったからだと言い訳することもできたが、やめた。

二人は大きなステンレスのボウルを見つめた。種はとうとう縁までふくれ上がり、まるでビールのコマーシャルのように泡がもり上がっている。ジュリアンがべつのボウルをつかんで、種を分けいれはじめた。が、たちまちまたべつなボウルが必要になる。

「まるで生きてるみたいだ！」ジュリアンはなんだか楽しくなってきた。

でも、ディー・アンはそれどころではなかった。「急いで！」目を丸くして叫ぶ。

「手伝ってくれてもいいんだよ」

ディー・アンが三つ目のボウルを手わたす。そして、すぐに四つ目。

「流しに捨てようよ」ジュリアンは最初のボウルを持ち上げた。「水で流してしまえばいい」

「だめよ！」

ディー・アンが止めた拍子に、彼のイタリア製の革靴に種がこぼれた。ジュリアンは靴を見下ろし、それからディー・アンを見つめたが、なにも言わなかった。勲章ものの我慢強さだ。

「ベーキングパウダーがもうないのよ」

「買ってくればいいさ」間違いは誰にだってある。

「マーケットが開くまで買えないわよ。そのときじゃもう遅いわ。店の前に、早くコーヒーケーキを出せと怒る人の列ができちゃうわよ」

後悔しそうな言葉を口走らないですむように、ジュリアンはボウルを台の上において、靴を拭《ふ》いた。べつのボウルからあふれだした種が、頭のすぐ横に落ちた。「どうしようっていうんだい？」

ボウルを全部使いきってしまったので、ディー・アンは蒸し焼き用の鍋《なべ》にも種をいれた。

「この種を使って、もっとたくさんケーキを作るのよ。ほかの材料を三倍いれれば、なんとかなるわ」

「で、どうやってかきまぜるんだい？」

「深鍋と蒸し焼き鍋を使うのはどうかしら」惨憺《さんたん》たるありさまのキッチンを見まわして言う。

カーテンごしに、空が茜《あかね》色に染まりはじめたのがわかった。もうとっくに種をオーブンにいれていなければならない時間なのだ。焼き上がるのに一時間半はかかるし、早朝の客は六時半にやってくる。「それじゃ、とにかく急ごう」

ほかの材料を加えると、生地のふくらみはおさまった。問題はかきまぜることだった。これをいっぺんにかきまぜるには、プールが必要だ。

「ジュリアン、こっちに少しその生地を移して。これは粘り気がたりないみたいだわ」

ジュリアンは蒸し焼き鍋を持ち上げて深鍋に中身を移した。「どうだい？」

心配そうに唇を引きしめて、ディー・アンが言った。「まだ少し違うみたい」

「でも、きっとこれでなんとかなるよ」

「なんとかなるだけじゃだめなのよ！　わからないの？　ＫＫコーヒーショップのコーヒーケーキはこの辺じゃ有名なのよ。みんないつもと違うことにすぐ気がつくわ」

ジュリアンは皮肉を言いそうになるのをこらえた。「それじゃ種のほうは君にまかせて、僕はトッピングのピーカンをむくよ。それならできそうだ」

「そうね」と言いながらも、ディー・アンはまかせていいかどうか真剣に考えこんでいるようだった。

まったくなんてことだ。いよいよカフェイン切れだ。もう一杯コーヒーを飲むぞ。

ジュリアンはスウィングドアを通って店に行き、カウンターの後ろにまわってコーヒーを注いだ。もうすでに挽《ひ》いてある豆を使っていれたコーヒーだった。これは変えなくてはな。こんな頼りないコーヒーじゃ、とてもあのコーヒーケーキには合わない。

あのレシピはなかなかのものだ。素朴だが、ジュリアンの肥えた舌にも、とてもおいしく感じられる。事前の市場調査さえしっかりやれば、ケーキミックスとして売りだせそうだ。

そうすれば、オリジナルのコーヒーケーキを食べてみたいという人々が自然に集まってきて、ロッキー・フォールズは時代の先端を行く町になる。そのときにもっといろいろな〝お楽しみ〟があるとわかれば、さらに観光客もふえるはずだ。

実際、ロッキー・フォールズはかぎりない可能性を秘めた町だ。二カ月前にはじめてここへ来たとき、ジュリアンはたちまちそのことに気づいた。

ベルデン・インダストリーは観光産業には手を染めていないが、ジュリアン自身はそれに挑戦してみたいと思っていた。

テキサス中心部の町の多くは観光産業によって過疎化を防いでいる。ロッキー・フォールズも、地理的にはまさに完璧な条件を備えている。もうずっと前にヴィクター・カレンブロックがここを開発しなかったのがふしぎなくらいだ。

いずれディー・アンと話し合わなければならないが、とりあえずようすを見るために、できることから変えてみても悪くはない。

変革その一。挽きたての豆でいれたコーヒーを出す。本物のミルクとクリームを使う。ガラスの容器に入ったミルク・パウダーを見て、ジュリアンは顔をしかめた。冒涜《ぼうとく》だ。

コーヒーカップを持ってキッチンに戻ると、ジュリアンはピーカンとナイフをつかんだ。ディー・アンはまだケーキの種と格闘していた。働いている彼女の姿は魅力的だった。鼈甲《べっこう》色のヘアバンドで髪を押さえ、化粧はほとんどしていない。これまでジュリアンは家庭的なタイプの女性に惹《ひ》かれたことはなかったし、さっきの彼女のとげとげしい態度を考えれば、いまのディー・アンに魅力を感じるのはなんともふしぎな気がした。

「もうトッピングにかかれるかい？」むいたピーカンをブラウンシュガーとシナモンに混ぜながらきく。

「いいえ、まだよ。焼き皿に油を引いてないもの」

「僕がやるよ」今朝のディー・アンが必要以上にぴりぴりしている理由が、ジュリアンには推測できた。五十年間祖母が経営してきた店を、いま孫娘がかわりにやろうとしている。町中の人々がようすを見に来て、祖母と孫との腕前をくらべようとするのは間違いない。ディー・アンは失敗するのが大嫌いなのだ。

だから、大目に見てやろう。いまのところは。


いったいどうしたというのかしら？　無能ウィルスにでもとりつかれてしまったの？この何カ月間か、なにをやっても成功したためしがない。あげくのはてに、コーヒーケーキを作るなんていう簡単なことまで失敗してしまいそうだ。カトリーナが昨夜作っておいてくれたほかのケーキやマフィンの種もなくなってしまったら、どうするつもり？

料理は嫌いではないが、量が多すぎる。ジュリアンはコーヒーショップの経営をあまりにも簡単に考えすぎていたのだ。でも、あの軽蔑《けいべつ》のこもったまなざしから思うに、まだ考えを変えていないのは確かだ。男はいつだって家庭の雑事を軽視するものなんだから。いつもそうだ。

町中の人のために料理を作るって？　簡単さ。

祖母はどうやって五十年間もこれを続けてきたんだろう？　〝もう何年もおまえのパパに、店をやめたいと言っていたのに……〟それなのに、パパは聞こうともしなかった。まったく男って。パパにここをやらせてみたらいいのよ。一日とたたないうちに逃げだしちゃうわ。

ディー・アンは種の入ったボウルを見くらべた。みんな同じようにできていますように、と祈りながら。でも、これだけかきまぜてしまうと、でき上がったケーキが固くなってしまうのは確かだった。ため息が出た。きっと客は二度と来なくなるだろう。

失敗したのがジュリアンだというのは言い訳にはならない。ディー・アンは自分を責めていた。このコーヒーケーキは、カトリーナ・カレンブロックの孫である自分が作るべきだったのだ。

「焼き皿の用意はいい？」と、背中をむけたままきく。ジュリアンはひどくおとなしかった。

「ここにあるよ。トッピングの用意もできてる」

「ありがとう」ディー・アンはボウルを持ち上げようとした。

「貸してごらん――僕がやるよ。重そうだ」

「大丈夫よ！」ディー・アンは思わず叫ぶように言ってから、なんだか自分がひどくいやな女になってしまったような気がした。

当惑しながらボウルを持ち上げ、焼き皿のある中央のテーブルに運ぼうとした。「気をつけて！」ジュリアンが叫んだときには、もうディー・アンの足はこぼれた種を踏んでいた。

あっと言う間もなかった。足がすべり、バランスをとり戻そうとしたが、遅かった。種がこぼれ、エプロンにかかった。最後の瞬間に、ディー・アンはボウルを放して棚につかまろうとした。

が、結局黒と白のタイルの床にしりもちをつき、コーヒーケーキの種の海のなかに座りこんでしまった。痛さよりも悔しさが先に立った。白いショートパンツを通して、冷たさが伝わってくる。

「ディー・アン！　大丈夫かい？」ジュリアンが心配そうにかがみこんだ。

「いいえ」と答えて、自分の姿を見下ろし、それからいつもどおり完璧な姿のジュリアンを見つめる。不公平だわ。

「どこを痛めた？　骨が折れたのかい？」ジュリアンがディー・アンの腕にさわろうとした。

それが、この日二度目のジュリアンのミスだった。

ディー・アンが彼の手をつかんでぐいと引いた。

ばたりと種のなかに倒れたジュリアンを見て、にっこり笑う。「これで、もう大丈夫だわ」

「君は……」茫然《ぼうぜん》とディー・アンを見つめたあとで、ジュリアンは種の海のなかに座り直した。「なんとも……おもしろい状況だな。覚えておくよ」

ディー・アンは顔やブラウスやエプロンからケーキの種をこそげ落とした。「おもしろいと思っているのなら……」と、手にいっぱいの種をすくいとってジュリアンのシャツのなかにいれる。「これはどう？」

どうしてそんなことをしたのか、自分でもよくわからなかったが、どんどん悪いほうへ転がっていくいまの状況に、なんだかひどく似合っているような気がした。

「ふうむ」ジュリアンは、襟元からあふれてエプロンの胸を伝って落ちていくケーキの種を見下ろした。指にすくいとって、また「ふうむ」とつぶやきながら、ディー・アンを見る。

なにを考えているのだろう？　もしかしたら、復讐《ふくしゅう》するつもりなのかしら？

ディー・アンは身構えた。今朝はずいぶんひどい態度をとってしまった。ケーキの材料の膨大さや祖母のレシピの古風な書体を考えれば、ジュリアンが間違えたのもむりはなかったのに。

ディー・アンはふいに良心の呵責《かしゃく》を感じた。ジュリアンは敵としては手強《てごわ》いけれど、寛大で親切な男だ。自分から、ここにとどまり支援すると申しでてくれたのに、ディー・

アンのほうはことあるごとに彼に突っかかってきた。ジュリアンはここにとどまる必要などなかったのだ。会社が休みになる二週間はべつのすごし方をするつもりでいたのだろうに。

きっとものすごく怒ってるんだわ。見た感じは、あまり怒っているように見えないけど。目がきらきら光っているのはどうしてなのかしら？　なんだか笑っているみたい。

ほら、来た。ジュリアンの手がゆっくりと上がるのを見て、またディー・アンは身構えた。

でも、ケーキの種におおわれたジュリアンの指は、ディー・アンのあごを撫《な》でたと思うと、すぐに唇にあてられた。

ディー・アンは無意識に甘い種をなめ、ごく自然に彼の指までなめた。

二人の目が合った。

やっとジュリアンの考えていることがわかった。蜜蜂《みつばち》号にいるとき、やっぱりこんな顔をしたことがあった。でも、あれからいままでにずいぶんいろいろなことが起きたのだ。

「ジュリアン？」

「んん？」ジュリアンはまたケーキの種をすくいとって、ディー・アンの首筋にたらした。

くすぐったかったが、さっき自分がしたことを思えば、抵抗はできなかった。

ジュリアンの指がゆっくりと種をたどり、脈打つ首筋にふれた。もうくすぐったさは感じなかった。「ジュリアン、まさかこんなことが気にいってしまったんじゃないでしょうね?」

ジュリアンの指はディー・アンの首筋を離れて、脚にふれた。ディー・アンは脚を引っこめようとしたが、彼はコーヒーケーキの種を一風変わったマッサージオイルに見立てたようにふくらはぎをマッサージしはじめた。

魅入られたように、ディー・アンはゆっくりとした官能的な彼の手の動きに見とれていた。ジュリアンの手は指が長くてとてもきれいだ。

かすかなほほ笑みを浮かべて、ジュリアンが膝に唇をつけ、種をなめた。

ディー・アンははっと息をのんだ。膝でこんなに快感を感じるなんて、思ったこともなかった。

もう一方の膝も差しだす。

ジュリアンの舌がふれると、ディー・アンのからだが内部からとけていった。

ジュリアンが腿にもケーキの種をつけ、少しずつ上へと唇を這《は》わせていく。

「僕にもこうしてくれないかな?」

「私……」これからどうなるのかしら? まさか……? だめよ……。こんなところでは。

両方の腿の種をゆっくりとなめてしまうと、ジュリアンは手を引いた。気取り屋のディー・アンがジュリアンにこんなことをするとは思っていないのだ。

「あなたはズボンをはいてるじゃないの」

「シャツのボタンをはずして」

「ジュリアン」

「ほら」とささやき、ジュリアンはディー・アンの腰を抱き寄せた。ディー・アンの口から柔らかなあえぎ声がもれると、ジュリアンはほほ笑んだ。

そのほほ笑みを見ると、ディー・アンの心の奥でなにかが動いた。もうなにも考えず、ジュリアンのシャツのボタンをはずしはじめる。

指がすべった。ジュリアンが手をそえる。ひどく大胆な気分になって、ボタンを全部はずし終わると、ディー・アンは彼を見上げた。

ジュリアンの手がディー・アンの手をとり、ケーキの種をすくいとらせた。

指の間から種がしたたる。ディー・アンはくすくす笑いながら彼の胸に種をつけようとした。

ジュリアンの胸にふれたとたん、笑いは止まった。なめらかな種のおかげで、彼の肌のなめらかさがさらに増した。指にも手のひらにも、筋肉のたくましさが伝わってくる。

シャツを肘まで押し下げて、肩にも種を伸ばす。こすられて温まった種から流れだす甘い香りが、キッチンに漂う。

「ほらね？」

「なんだか……」

「とても官能的だろう?」

「なんだか頭がおかしくなったみたい」

「違うよ」ジュリアンがディー・アンの手をとって、胸にあてた。

激しい鼓動が伝わってくる。

ディー・アンの心臓もどきどきしていた。

ゆっくりと両手を動かすと、ジュリアンの灰色の目が少しずつ燃え上がっていくのがわかる。

ディー・アンの髪からしたたった種が頬に落ちた。それをジュリアンが指先でたどる。

ディー・アンのからだが震えた。

「寒いのかい?」ジュリアンがささやいて、ディー・アンのむきだしの腕をさすった。

「いいえ」からだ中が熱かった。肌の上でケーキの種が焼けてしまいそうな気がするほど熱かった。

目を閉じ、まるではじめてふれるように、ジュリアンの胸の隅々まで両手で味わう。でも、ほんとうは、ぼんやりと記憶が残っていた。

ジュリアンのからだが硬くなるのを感じてはっとしたときには、もう唇をとらえられていた。キスの甘さは、祖母のコーヒーケーキの種のせいだけではなかった。

熱いキスだった。燃えるようなキス。〝この続きはあとでゆっくり〟と語りかけるキスだった。

〝約束よ〟気がつくと、ディー・アンはそんなキスを返していた。

いつもは用心深いディー・アン・カレンブロックなのに、いまはなにも気にならなかった。

それどころか、〝どうしてあとまで待つの？〟と訴えかけるキスに変わってしまう。そして、もっとはっきりその気持ちを伝えようと、ジュリアンの膝にのり、からだを押しつけた。

それに応《こた》えるように、ジュリアンが両手を彼女の髪に埋めた。「君はとてもおいしいよ……」

ディー・アンは首をのけぞらせて笑いだした。ジュリアンが種のあとをたどるように首筋に唇をつける。手がディー・アンのエプロンの紐《ひも》をほどいて胸あてを下ろし、むきだしになった肌をさらに唇がたどっていく。

やがてジュリアンの手は、ディー・アンのブラウスのボタンをはずしはじめた。

「早く」ディー・アンがささやくと、ジュリアンの目が嬉《うれ》しそうにきらりと光った。

キッチンに濃いシナモンの香りが漂い、二人の息遣いが響く。ボタンを一つはずすたびに、ジュリアンはキスをした。

ボタンの最後の二つは、ディー・アンが引きちぎってしまった。

「君はいつもそんなに性急なのかい?」

「性急?」

「僕が相手だとね」そう言いながら、ブラウスを肩からはぎとる。

透けたレースの魅惑的なブラジャーをつけていればよかったと思ったが、遅かった。今日のディー・アンは、〃私は一日中料理をするのよ〃と言わんばかりに、実用的な白いブラジャーをつけていたのだ。

それじゃ、とってしまえばいいわ。頭のなかでそんな声が響く。

その声にしたがおうと背中に手を伸ばしかけたとき、大きなベルの音が鳴り響いた。

一瞬わけがわからなくなって、からだが凍りつく。「シナモンロールが焼けたんだわ」

「うん」

「シナモンロールが焼けたのよ! いったい何時かしら?」腕時計はケーキの生地におおわれてしまっていた。

ジュリアンが自分の腕時計を拭いた。「六時十五分だ」

「大変だわ。あと十五分で店をあけなくちゃいけないのよ」

鳴りつづけるブザーの音に追い立てられるように、ディー・アンはブラウスをつかんだ。

「待って」ジュリアンが止める。

「気でも狂ったの？　すぐにお客さんが来るのよ」

「ドアには鍵《かぎ》がかかってる」

「わかってるわ。さっきちゃんと――」

唐突に熱烈なキスで唇をふさがれてしまい、ディー・アンは最後まで言葉を続けることができなかった。ジュリアンがまたケーキの種をすくいとり、ディー・アンののどから胸へとまっすぐに指を走らせた。そして、問いかけるように彼女の目をのぞきこんだ。

「できないわ」ディー・アンは低い声でつぶやいたが、ブザーの音に邪魔されて聞こえないのはわかっていた。

「どんな感じか試してみたくない？」

ディー・アンはジュリアンを見つめた。唇が開き、呼吸が速くなる。

「二度とチャンスはないんだよ」ジュリアンがうつむき、指のあとを舌でたどった。「ほらね？　僕がみんなきれいにしてあげる」また片手にいっぱい種をすくいとる。

ディー・アンの理性が吹き飛んだ。ジュリアンの唇がのどにふれた瞬間、もう彼女の指は背中にまわり、ブラジャーの留め金にかかっていた。

きっと客がブザーを聞きつけて、なにごとかと見に来るだろう。

呼ばれても返事をしなかったら、どうなる？

きっと彼らは裏にまわって、キッチンの窓のカーテンの隙間《すきま》からなかをのぞきこむ。

　すると、カトリーナ・カレンブロックの孫娘がブラジャーをボウルのなかに放《ほう》りだして、臆面《おくめん》もなく胸をそらし、胸元についた名高いコーヒーケーキの種をジュリアン・ウェインライトに味見させている光景が目に入るのだ。

　ジュリアンの舌が種をたどっていくにつれて、ブザーの音よりも大きくなったディー・アンのうめき声が、外にもれるだろう。

　ディー・アンが彼の引きしまったからだにぴたりと寄りそい、しなるように動きだしたら、きっとのぞいている者たちは眉をひそめ、それからあんぐりと口をあけることだろう。

　幸いにも、ジュリアンはその魅力的な朝食の誘惑に負けなかった。残念、としか言いようのない表情でタオルをつかむと、そろそろ焦げくさいにおいがしはじめていたシナモンロールを救いだした。

　それでもやはり、カトリーナ・カレンブロックのいない初日、ＫＫコーヒーショップの開店が遅れたことは、きっと人々の記憶に刻まれるだろう。

　そして、シナモンロールが焦げていたことも。

9

いったいどうすれば、コーヒーケーキを作りながら、昨日の朝のことを思いださずにいられるようになるだろうか？　焦茶色になってしまったシナモンロール、大急ぎのシャワーと着替え、カトリーナの孫娘に対する支援の気持ちを表そうと押し寄せてきた客の群れ……それに、ジュリアンのこと。それをみんな思いださずにいられるものだろうか？むりだ。だからディー・アンは一時間も早く店に来て、ジュリアンが姿を見せる前にコーヒーケーキの種を作り、オーブンにいれてしまった。

これでよし。今朝は、コーヒーケーキの種のマッサージはないわ。汚れた皿をシンクにいれる。水を出す前に、ボウルに残った種を指ですくいとり、じっと見つめた。その指を親指でこすりながら、目を閉じる。種のついたジュリアンの手でからだを撫《な》でられたときの快感は、これまで経験したことのないほどすばらしいものだった。もしジュリアンがやめなかったら、いったいどうなっていただろう？

指をなめてみる。違う。全然、まるっきり、違う。

五時に、ドアを叩《たた》く音がし、ジュリアンの姿が見えた。まだシャワーで髪が濡《ぬ》れている。彼が人前にそんな格好で現れるのは、ひどくめずらしいことだった。きっとディー・アンがもう家を出たとわかって、大あわてで駆けつけてきたのだろう。ディー・アンは小麦粉だらけの手を上げてみせた。「鍵《かぎ》はかかってないわよ」

「ずいぶん早いんだな」キッチンに入りながら、ジュリアンが言った。「眠れなかったのかい？」

昨日のあんな騒ぎのあとで、眠れるわけがないわ。ディー・アンは忙しそうにシナモンロールの準備をして、ジュリアンの目を避けた。「時間どおりに開店できるように少し早く始めることにしたのよ」さりげない調子の声を出せたのが嬉《うれ》しかった。まさかジュリアンを避けているのだとは気づかれないだろう。

ジュリアンはエプロンに首をくぐらせた。「昨日のあやまちが身にしみているのかい？」

ディー・アンは、むっとして彼をにらみつけた。「ばかばかしい……あのあと一日中、一緒に働いたじゃないの」そう、それなら、どうしてこんなに気まずく感じるの？

「昼の間は忙しすぎて考える暇がなかったのさ。で、夜になってから考えた」ジュリアンは皿洗い機から食器を出しはじめた。「あのときの快感を思いだして、もう一度経験したいという気になってくれたことを願ってるよ」

ディー・アンの口から一気に息がもれた。図星だった。快感を思いだしただけではなく、肌が熱くほてっていた。愛撫《あいぶ》していたときの彼の手が目に浮かんだ。彼の顔、目の表情。シナモンとバニラの香り。あの瞬間、すっかりわれを忘れてしまったこと。

もう一度あれを味わいたい、もっと突き進んでみたいと思わない人間がいるだろうか？

だが、ディー・アンは結婚を望んでいるのに、ジュリアンは望んでいない。

からだの関係だけではいやだと言ってみようか？　もしジュリアンの熱がさめて去っていってしまったら、どうしていいかわからなくなるだろうと。夫と家庭を手にいれるチャンスをなくすかもしれないのだと、言ってみたらどうだろう？

いや、このまま黙って去らせたほうがましだ。

「ずいぶん黙りこんでしまったんだね」ジュリアンが近づいて、シナモンロールをのぞきこんだ。「ふくらんでないね」

「ええ」話題を変えられるのが嬉しかった。「イーストってふしぎなのよ。熱すぎるお湯でとかすと死んでしまうし、冷たすぎても活動しないの」

「種を冷蔵庫から出して、充分時間をおいた？」ジュリアンが焼き皿の縁にさわった。

「時間は充分よ。これ以上ふくらみそうもないわ」ディー・アンはため息をついた。「こんなにたくさんの量のケーキを作るのは、私にはむりみたい」

「とにかく焼いて、堅焼きシナモン・クッキーとかなんとか名前をつければいいさ」ジュリアンがにやりと笑う。「本日の特製メニューだ」

「もう昨日やってしまったじゃないの」そう言ったとたん、昨日のことを口にしたのを後悔する。ディー・アンは唇をかんで、ジュリアンがこのまま聞き流してくれますようにと祈った。

だめだった。

「昨日といえば……」ジュリアンがディー・アンのあごに指をかけて自分のほうをむかせた。「心配しないで。プレッシャーも緊張も忘れて。思い出だけをとっておけばいいんだ」

ジュリアンの気遣いはわかったが、それはもうディー・アンが何度も自分に言い聞かせていることだった。「わかってるわ。私たちは違う道を歩いているのよね。この何日か、たまたまそれが交差しただけだわ」そして、また離れていく。

ディー・アンを見つめるジュリアンの顔に、謎《なぞ》めいた表情が浮かんだ。「先のことはわからないよ、ディー・アン。僕たちの道が違うのは確かだが、もしかしたら行き着く先は同じかもしれない」

「カプチーノ・マシンですって?」ランチの客のためにサンドイッチを作っているところに、ソーンダースをしたがえたジュリアンが入ってきた。ぴかぴか光る大きな機械を抱えている。

「そうさ」ジュリアンは張りきっていた。「ソーンダースが持ってきてくれたんだ」

「どうして?」

「僕が頼んだからさ」

「どうして?」

店のほうに機械を運びながら、ジュリアンはくるりと瞳をまわしてみせた。「ここで出すコーヒーは、皿洗い機の水と大差ないからさ」

唖然《あぜん》として、ディー・アンは手を拭《ふ》き、彼のあとからコーヒーのカウンターにむかった。ジュリアンがコーヒーメーカーの四つ口のプラグを抜いた。「いったん挽《ひ》きたての豆でいれたコーヒーを味わったら、もうほかのものは口にできなくなるよ」

「いったい、いくらしたの?」

「そりゃ、高いさ」ジュリアンがビニールの詰め物をとっている間に、ソーンダースが袋からポットとキャニスターをとりだした。「でも、卸業者から手にいれたからね」

「コーヒー豆をとってくるよ」ソーンダースが口のなかでつぶやいて、ディー・アンの視線を避けるように姿を消した。臆病《おくびょう》者。

カプチーノ・マシンをとりつけるジュリアンを、客がものめずらしそうに見守っている。ディー・アンは、高価で都会的な機械を田舎町のコーヒーショップにおくのはむだだと言いたかったが、客の前でもめるわけにもいかなかった。

「ロッキー・フォールズの人たちはカプチーノなんて好みじゃないと思うわ」そう言うの

がせいいっぱいの抵抗だった。

「いまはね」ジュリアンは自信たっぷりだ。「でも、試してみても損はないだろう?」

返事はしなかった。ジュリアンがこの新しい玩具《おもちゃ》で遊びたいというなら、それはそれでいいわ。私はサンドイッチを作ろう。

「戻ってきたら、一度使ってみるよ」キッチンへむかったディー・アンに、ジュリアンが言った。

「どこかへ行くの?」

「ソーンダースと一緒にガルベストンへ行ってくる。クレジットカードはソーンダースが作り直してくれたんだが、運転免許証は自分で行かないといけないんだ。帰ってくるのは閉店したあとになるよ」

「一日中、私一人で店をやれというの?」ちょうどよかったじゃないの。もう帰ってこなくていいと言ってやりなさいよ。

ジュリアンは機械の据えつけを続けながら、にやりと笑った。「僕がいないと寂しいようだね」

「昼時は、一人じゃむりよ!」

つまみを手にして、機械の後ろをのぞきこむ。「ブリギッタの娘さんに手伝ってもらえばいいと、お祖母《ばあ》さんが言ってただろう?」

「アデレードのこと？　でも、アデレードはパイを作るので手がいっぱいよ。ブリギッタも祖母と一緒に行ってしまったから、アデレードだって私たちと同じぐらい早くから起きて働いてるのよ」

うまくつまみが入らないので、今度はべつのつまみをとり上げる。「じゃ、こうしよう。もしアデレードがだめだったら、僕は残るよ」

やがてジュリアンは、ぶつぶつ言いながら二つ目のつまみも放《ほう》りだした。

だが、ディー・アンに使用説明書を差しだされると、あっさり退けて言った。「こんなの簡単さ」

かってにしなさい。説明書をカウンターに放りだしてアデレードを呼びに行こうとしたとき、物差しを持ったソーンダースが入ってきた。

ディー・アンはソーンダースをつかまえて壁際に押しつけた。「あの機械、ここにはうまく据えつけられないんでしょ？」

「大丈夫だよ」弁解するような口調だった。

「じゃ、その物差しはなんのためなの？」

ディー・アンがさらに問いつめようとしたとき、ソーンダースがいきなり彼女の腕をつかんだ。

「いいニュースがあるんだよ！　いや、なにもないのがいいニュースだと言うべきかな」

「どういうこと?」

「昨夜《ゆうべ》のテレビにも今朝の新聞にも、君とジュリアンのことは一つも出なかったんだ」

ディー・アンはほっと息を吐いた。「よかった」

「そうさ。もう過去のできごとになってしまったんだよ」ソーンダースがいかにも嬉しそうに言った。「ご両親と話をしたかい?」

「直接は話してないわ。いまニューヨークにいるんですって」

「もう帰ってこられるよ」

ディー・アンはシンクに歩み寄り、手を洗いながら言った。「帰りたがってないと思うわ」

両親の気持ちは痛いほどよくわかっていた。


六時にディー・アンが祖母のビクトリア朝風の家にむかって歩きだしたとき、ジュリアンはまだ戻っていなかった。

ありがたいことに、夜はKKコーヒーショップを開かなくていい。ほとんどの住民はロッキー・フォールズ・ダイナーか自宅で夕食をとるのだ。もし手軽な食事がしたければ、十キロほど車に乗って、あらゆるファーストフード・チェーン店のそろっているインターステートまで行かなくてはならない。残念なことに、そこまで車で行くとなると、もう

〝手軽な〟食事とは呼べなくなってしまう。

でも、いまのディー・アンは料理などご免こうむりたかった。もう料理するのはたくさんだ。幸い、カトリーナの買い置きしているパイとペストリーがある。

とにかく、こんな疲れる仕事を一人でやっていくのはむりだとわかった。いったいなんのために働いているのかもわからない。父は長年この土地と店の税金を払いつづけてきた。でも、インターステートのバイパスができて車がみんなそちらを通るようになったとき、KKコーヒーショップがカレンブロック家の家計を支えた時代は終わったのだ。

ジュリアンはこの町には可能性があると考えている。シャッターの下りた店のならぶ通りを歩きながら、ディー・アンはこの町のどこが彼の興味を引いたのだろうと考えてみた。店を売りに出すときに、そこをセールスポイントに使えるかもしれない。

だが、ほんとうに祖母はもう買い戻す気がないのだろうか？　ディー・アンとしては、祖母が旅行にうんざりして、またもとの生活を始める気になってくれることを願っていたのだが、この二日間で、だいぶ考えが変わってきた。まともな人間なら、のんびりした船旅のかわりに、一日中立ち働くほうを選んだりするだろうか？

それにジュリアンももう戻ってこないかもしれない。電話が鳴り〝急用でそちらに行けなくなった〟というジュリアンの声が聞こえてきそうな気がする。

でも、ほんとうはそれが一番いいのだろう。ジュリアンのことは忘れなければならない。

そう自分に言い聞かせながら、ポーチの階段を上がった。毎日ジュリアンと一緒に働くよりも、そばにいないほうが簡単に忘れられる。彼は家庭むきの男じゃない。

襲ってくる絶望と闘っているとき、通りのむこうからやってくる白いスポーツカーが目に入った。

ジュリアン以外の誰があんな車に乗る？

たちまち心が軽くなり、どうしようもなく笑顔になっていくのがわかる。いま、はっきりと答えが出た。決してジュリアン・ウェインライトを忘れることなどできない。


ジュリアンはまるで若者のようにタイヤのきしむ音を響かせながら、車回しに車をいれた。乱暴な運転で、なんだかわが家に帰ってきたような気分を追いはらってしまいたかったのだ。完璧《かんぺき》な室内装飾をほどこした、ガルベストンのマンションこそ、ジュリアンのわが家のはずだ。田舎の大きなヴィクトリア朝風の家ではなくて。

ソーンダースは、この町のどこがいいのかさっぱりわからないと言っていた。ジュリアンにもわからなかった。だが、ポーチに立っているディー・アンを見たとき、自分が一番魅力を感じているのは彼女ではないのかという気がした。

近づきすぎないようにしなくては。ひどく微妙な立場なのだ。もしディー・アンが望めば、結婚しなくてはならない。でも、彼女が望まなければ、さよならできる。

やはりガルベストンにとどまるべきだったのかもしれない。同じ屋根の下で暮らすのがよくないのはわかりきっている。町の人たちも驚いた顔をしているではないか。

よし、こうなったからには、ディー・アンにロッキー・フォールズに発展の可能性があることを教えてやらなければならない。しばらく滞在して、いくつかアイデアを試してみるのは、不自然でもなんでもない。その間、ビジネスのほうを強調して、あまり個人的な話はしないようにしよう。

そう決心してから、ジュリアンはいかにも残念そうにため息をついた。蜜蜂号《みつばち》ですごしたすばらしいひとときの思い出がよみがえる。人間というのはわからないものだ。ディー・アン・カレンブロックがあんなに大胆な恋人に変身するなんて、誰に想像できるだろうか？　きっとディー・アン自身でさえ、思ってもいないにちがいない。もう一度あんなひとときをすごせるのなら、なんとかして彼女に記憶をとり戻させてやりたいものだ。

もう一度昨日の朝のキッチンに戻ってもいい。でも、たとえどんなに難しくても、これからはディー・アンに近づかないようにしなければならないのだ。妊娠しているかどうかがわかるまでは、ばかなまねは慎まなければ。それさえはっきりしてしまえば、あとはディー・アンの気持ちしだいだ。

ポーチの手すりから身を乗りだしているディー・アンを見上げたとき、ジュリアンはすばやくそのシャツの胸元から視線をそらし、ますます決意を固くした。

エンジンを切って車を降りる。「店はうまくいったかい？」愛想よく、軽い調子で――それが一番だ。

「なんとか生きのびてるけど、もうくたくたよ」ディー・アンはその言葉を強調するように、ポーチの揺り椅子に身を沈めた。

「なにを持ってきたか、あててごらん」小さなトランクルームから箱をとりだす。

「マルゴーのフルコース・ディナー」ディー・アンがあっさりと言った。

どうしてこんなに簡単に見抜かれてしまったのだろう？「あたりだよ」軽い調子で答えながら、内心はディー・アンの投げやりな態度にむっとする。

「冗談でしょう！」

ジュリアンは首をふった。

ディー・アンがぱっとからだを起こしたので、ジュリアンは少し気分がよくなった。

「絶対にあたらないだろうと思って言ったのに。ああ、ジュリアン、あなたって救いの天使だわ！」ディー・アンはポーチから駆け下りて、箱を運ぶのを手伝いはじめた。

ジュリアンの決心があっさりと砕け散った。「ディー・アン」

両腕に箱を抱えたまま、ディー・アンが顔を上げた。

祖母の家の庭、いつ誰に目撃されるかもしれない場所で、ジュリアンはディー・アンの唇の真上にキスをした。彼女もキスを返すのを確かめてから、やっと唇を離す。

「どうしてこんなことするの？」

「覚えておいてもらうためさ」ジュリアンはトランクを閉めた。「僕が天使なんかじゃないってことをね」

天使でも、天使でなくても、ディー・アンはジュリアンに抱きしめられたかった。朝目ざめたとき、彼の部屋に行ってベッドにもぐりこもうかと、一瞬本気で考えくらいだった。ジュリアンに惹《ひ》かれているのに、どうして我慢しなくちゃいけないの？　気弱になっていることはわかっていた。彼に負け、彼の言いなりになってしまいそうなのが怖かった。昨日の夜食事をしながら、何度かディー・アンは空想にひたった。毎晩彼と一緒にすごせたら、と夢見た。ジュリアンに寄りそって座り、ありとあらゆることを話し合い、やがて寝室に移って官能的な喜びの一夜をすごし、朝は満ちたりた気持ちで目ざめる。

そんなことができるだろうか？　妊娠しないようにして、頑固な独身主義者のジュリアン・ウェインライトとただの恋人同士としてつきあっていけるだろうか？

むりだ。それにジュリアンの態度には、ディー・アンともっと深い関係になりたいというようすは見られなかった。

だから、今日、ディー・アンはジュリアンとの間に距離をおこうと決心していた。そうしなければならないのだ。二度と仲良く食事を共にしたりはしない。きわどいふざけ合いもなし。望んでも手に入らないものについてくよくよと考えるのもなし。

朝食の客たちが一段落して食器を皿洗い機にいれているときに、ジュリアンが速達の封筒に入った平たいものを持ってやってきた。

肉切り包丁で封筒をあけると、箱をとりだして中身を眺め、満足そうな声をもらした。

「このメニューをどう思う？」と言いながら、二つ折りになった厚紙を差しだす。

ディー・アンは深緑色とクリーム色のメニューを見つめた。上部に、ＫＫコーヒーショップというデザイン文字が入っている。「先に相談してくれてもよかったと思うわ！」

「そしたら、君はなんて言った？」

「だめって言ったわ」

「だから、きかなかったんだよ」

ディー・アンはジュリアンをにらみつけた。「でも、祖母はすぐに帰ってくるのよ！かってにメニューを変えてしまって、祖母が気にいらなかったらどうするの？」

むっとしたような声をあげて、ジュリアンはメニューをとり、開いて、またディー・アンにわたしした。「コーヒーの種類をふやして、クッキーをつけ加えただけだよ」

「クッキーなんか作ってないわ」

「仕入れ先を見つけたんだ」

ディー・アンはジュリアンをにらみ、それからメニューに目をむけた。これまでのメニューのほかに、各種のコーヒーと紅茶、クッキーがつけ加えられている。

「このごろ、客が好みのコーヒーを選べるスタイルが人気になっているからね。都会よりは価格を抑えているが、それでもかなりの利益が上がるはずだ。いまの値段じゃ、ほとんど利益がない。みんな三杯も四杯もコーヒーをお代わりするからね。カプチーノを飲むときには、一杯ずつ料金を払ってもらうよ」

ディー・アンはため息をついた。きっと客は、新しいコーヒーの〝装置〟に興味を持つだろう。

「どうしてこんなことをするの？」

ジュリアンがためらいを見せた。本心を隠そうとしているのだろうか。「可能性を確かめたいからさ。それにもう少し洒落《しゃれ》た店にしたほうが、買い手も見つかりやすいと思うんだよ」

そういうことなら、いつまでも怒っているわけにはいかない。ジュリアンの言うとおりだ。「どうやら私は、祖母がまたここをやる気になると期待していたみたいだわ」

「お祖母さんが僕にここを売ったときの喜びようを見ていたら、そんなことは考えなかっただろうね。ここを売りわたせるのをものすごく喜んでいたから、こちらがあんなに急いでいなければ、もっと安く買えたんじゃないかと思うよ」

ディー・アンは、彼女を出し抜いたときのことをあっさりと口にするジュリアンに怒りを感じそうになったが、もう過去のことだと思い直した。「でも、祖母はすぐには店を閉めようとしなかったわ」

「それも合意の上さ」

肩をすくめて、ディー・アンはメニューに視線を戻した。なかなかいいアイデアのように思えたし、やっていけないほど品数がふえるわけでもない。ディー・アンはすり切れた古いメニューをのろのろと集めてまわった。どうせ誰も見ようとはしないのだ。「問題は、青と黄色で統一した店の色に合わないってことだけね」

ジュリアンが指を一本立てた。「それなんだ。それも手配ずみだよ」

「なにをしたの?」

「レストラン用の家具を売っている店に行ったらね、閉店したピザショップから引きとった椅子とテーブルがあったんだよ」と言って、メニューを軽く叩《たた》く。「白木で、椅子の座席にはこんなグリーンの布が張ってあるんだ。テーブルの真ん中にも、同じ緑色がはめこんである。で、傷んでないのを選んで買ったんだ」

「新しい家具を買うほどの利益はないのよ」

「わかってるよ」ジュリアンは古いメニューを一枚とり上げた。「この値段は二十五年間変わっていない。でも、材料の仕入れ値は確実に上がっている。朝あんなに客が入るのももっともだよ。家で食べるより、ここで食べるほうが安上がりなんだ」

「そんなことないわ」と言ってみたが、あまり自信はなかった。

「あたらずとも遠からずだ」ジュリアンは古いメニューをつぎつぎとごみ箱に放りこんだ。

「だから少しだけ値段を上げたよ」

「私に無断で値段を上げたんですって？」ディー・アンはあわてて新しいメニューを手にとった。いままでコーヒーやクッキーにばかり気をとられていて、値段までは気づかなかったのだ。「一言相談するべきよ」

「びっくりさせたかったのさ」ディー・アンを籠絡《ろうらく》しようというようにほほ笑みを浮かべる。

「保護者ぶらないでよ」

その冷たい口調に、たちまちジュリアンは微笑を引っこめた。「わかったよ。つまり、これは実験なんだ。この店が利益を上げられるかどうか試してみたいんだ。君は頭が堅すぎて――」

「なんですって！」

「だってさ、〝コーヒーケーキは神聖にして侵すべからざるものだから、正確にレシピどおりに作らなくてはならない〟っていうやり方だろう？」

「持ち主は私なんですからね」

「持ち主だから、いろいろな意見に耳を傾けるべきなのさ。これは僕の実験だから僕がお金を出すよ」

「お金の問題じゃないわ。私に相談もしないで決めたということが問題なのよ」

「わかった」ジュリアンはごみ箱から古いメニューをとりだした。「実験することを認めてくれたら、古い家具やカーテンはちゃんととっておいて――」

「カーテン?」

「インテリア・デザイナーを呼んであるんだ。心配しなくていいよ。こうしよう。君が僕の実験を気にいらなかったら、帰るときみんな持っていくよ」

実業家としてのディー・アンの頭がすばやく計算にかかった。損はない。「いいわ。認めましょう」ディー・アンが手を差しだし、二人はまるで仕事上の取り引きがまとまったというように握手をした。

「壁もカフェオレのような色に塗りたいんだけど、それはだめかい?」

ディー・アンは、ところどころにしみのついた薄い黄色の壁を眺めた。黄色は大嫌いだ。

「もうペンキを注文したの?」

ジュリアンはうなずいた。「明日は日曜だから、今日は早めに店を閉めて、明日一日で模様替えして、月曜日には新装開店ってことにしたいんだ」

なかなか興味をそそる提案だった。店はそれほど広くないし、二人でやればペンキを塗るのもそれほど長くはかからないだろう。このロッキー・フォールズの片隅の小さな店をきれいに改装するのはおもしろそうだ。それに、売り値が上がることも間違いない。

ジュリアンは黙って、ディー・アンが検討するのを見守っていた。ついに彼女はうなずき、ほほ笑みを浮かべた。「いいわ、やりましょう」

10

ジュリアンはならんでいる妊娠検査薬をじっと見つめてから、腕時計に目をやった。ディー・アンのために検査薬を買おうと思って、閉店間際に隣のドラッグストアにそっと入ったのだ。蜜蜂《みつばち》号ですごした夜から一週間たっている。この一週間のできごとが、つぎつぎと頭のなかを通りすぎた。ディー・アンの思いがけないさまざまな面を目にしてきた一週間だった。

ベルデン夫妻やソーンダースとの友情やつきあいをべつにすれば、ほかの誰よりも親しくしてきたのがディー・アンだった。そして彼女のことをよく知れば知るほど、身近な友人に関してもずいぶん知らずにいることがあるものだと気づいた。

たとえば、カーターとニッキーの家族のことも、結婚式で顔を合わせた以外にはなにも知らない。ソーンダースに至っては、仕事以外にはなにをしているのかまるで知らない。とにかく自分もふくめて、目をさましている間は、仕事のことばかり話している連中なのだ。

ジュリアンはいままで、自分は豊かで変化に富む生活を送っていると信じていた。でも、そうではなかった。豊かだが、平面的で深みのない生活だったのだ。その平面的な生活に自分は満足していると、ずっと思いこんできた。だが、いま……いま、ふり返ってみると、ディー・アンがジュリアンよりもカーターを選んだときから、彼は落ち着かない気分を感じだしていたのだ。

ディー・アンが僕のなかからなにかを持っていってしまったのだろうか？　それとも僕にはなにかが欠けていると指摘されたことになるのだろうか？　では、その〝なにか〟とは、いったいなんなのだ？

一瞬ジュリアンは、ディー・アンの望んでいるような生活を送ることを想像してみた。マンションの高価な家具が隅に押しやられてベビーサークルにとって代わられ、派手な原色のプラスチックの玩具《おもちゃ》が白い絨毯《じゅうたん》のそこここに散らばり、ブランド物のダイニングテーブルに子供用の椅子が据えつけられるさまを思い描く。

だめだ。おぞましい空想をふりはらって、ジュリアンはまた妊娠検査薬に目をむけた。額の汗を拭《ふ》きながら、とりあえず目の前の棚から手近な箱をつかむ。それにしても、どれくらい待ったら検査ができるのだろうか？

ディー・アンは妊娠のことについてはなにも話し合おうとしないし、ジュリアンの忍耐力はもう切れかかっていた。そろそろちょっとつついてみてもいいころだ。ディー・アンが検査をするまでジュリアンの将来は宙に浮いたままだ。手をこまねいて待っているだけの状態はひどく苛立《いらだ》たしかった。

でも、ディー・アンにとっては、もっとひどいものにちがいない。ジュリアンの言葉にもかかわらず、ディー・アンは必要になるまでは結婚についての話し合いをしないつもりでいる。だとしたら、そろそろ二人がいまどこにいるのか確認するべきときだ。

薬剤師の視線がそそがれるのを感じて、ジュリアンは顔を上げた。

「なにかお探しですか?」薬剤師はジュリアンより少しだけ若そうな男だった。口髭《くちひげ》を生やしているのは、おそらくロッキー・フォールズの老人たちを信用させようとでもいうつもりだろう。

「ええと……」ジュリアンは身ぶりで検査薬のほうを差した。「一番早くわかるのはどれですか?」

「これはほんの二、三分でわかりますよ」薬剤師は検査薬の一つを手にとって言ったが、すぐにため息をついて指ではじいた。「期限切れだ。残念ですね。妊娠検査薬はあまり売れないんですよ」

「人口があまりふえていないんでしょうね?」思ったとおり、再開発が必要なのだ。

薬剤師は首をふりふり、期限切れの商品を捨てはじめた。「若い者は町の外で仕事を見つけなければならないんですよ。ああ、これを使ってごらんなさい」と、違う銘柄の検査薬を差しだす。

「ありがとう」薬剤師のあとからレジにむかったジュリアンは、数字がボタンになった旧式のレジに目をとめた。「すごいな。いい造りですね」

薬剤師が笑った。「飾りみたいなものですよ。裏にはコンピュータがおいてあります」

ぽん、と引き出しがあいた。「祖父がこの店を開いたときのレジなんですよ」

遅くまで邪魔したことを丁寧に詫《わ》びると、ジュリアンはもう明かりの消えたコーヒーショップを通りすぎて歩きだした。

立ちならぶ店の前を通りながら、活気づいたロッキー・フォールズの光景を思い描く。観光客があふれ、朝食つきの小さなホテルがふえたら、人口もふえるだろう。少なくとも、流出は防げる。

なだらかな丘陵に囲まれたきれいな町だし、都会からの距離も適当だ。充分恩恵をこうむることができるくらいの近さだが、犯罪や交通渋滞や公害の心配をするほど近くはない。

考えれば考えるほど、子供を育てるには最適の土地だ。

そして明日の朝には、はたして自分が子供を育てることになるかどうかはっきりとわかるのだ。

ぐっすり眠っていたディー・アンはドアをノックする音で目をさました。時計に目をやって、うめき声をあげながら、また枕《まくら》に顔を埋める。「ジュリアンなの？」まさか違うわよね。こんな時間に起こすような残酷なまねをするはずがない。

ドアがあき、ジュリアンが入ってきた。

「どうして起こすのよ？　ゆっくり寝ていられるのは今日だけなのに」

「朝食を持ってきたんだよ」ジュリアンはもう服を着て、いつもどおりの魅力的なようすをしていた。

でも、魅力を感じるには、まだ朝が早すぎる。ディー・アンは顔の上に枕をのせた。

「出ていって。おなかはすいてないわ」

沈黙。

ディー・アンはそうっと枕の下から顔をのぞかせた。ジュリアンがどことなく曖昧《あいまい》な表情で見下ろしている。「ええと、その……気分が悪いのかい？」

「眠いのよ」

「いつもより疲れた感じ？」

ディー・アンは枕をとって起き上がった。「もちろんよ！　丸一週間、朝早く起きて一日中働いたのよ。あなたはいつもより疲れていないっていうの？」

「多少は疲れてるよ。だから、こうして朝食を持ってきてあげたんだ」

感謝しなくてはいけないのに、怒鳴ってしまった。でも、いつも彼には怒鳴ってばかりいたような気もする。どんなに難しくても、もう少し愛想よくしなくちゃ。ディー・アンは上掛けを引っ張り上げてきちんと座り直した。

そして、トレイに目をむけた。

ジュリアンがトレイを下ろして一歩後ろに下がった。ディー・アンの反応を見守っている。

「まあ、すてきだわ、ジュリアン。カーネーションに全粒パンのトースト、紅茶――」

「カフェイン抜きだよ」

「バナナ、いちご……それに、家庭用妊娠検査薬」ディー・アンはむりに笑顔を作った。

「ほんとにすてきだわ」

「ほら、ピンクのカーネーションがこの箱のパッケージのデザインにぴったりだろう？」

「ほんとね」ディー・アンは箱を無視してお茶に口をつけた。ジュリアンが出ていってくれることを祈りながら。

「僕もつらかったけど、君も待ってるのはつらかっただろう。いや、だからさ、君のほうがずっとつらかったのはわかってるよ。だって、僕は男だから、どうしても――」

「ジュリアン？」彼がおかしなことを口走ってますます気まずくならないうちに、ディー・アンは口をはさんだ。「いいのよ」

「よかった」ジュリアンはポケットに手を突っこんでじっとトレイを見つめていたが、結局よけいなことを口走ってしまった。「だから、せめて君の手間をはぶいてあげようと思ってさ。いや、手間だなんて考えてないよ。喜んでやったのさ」

「喜んで?」ディー・アンがじろりとにらんだ。

「いや、喜んでたわけじゃない。喜ぶような状況じゃないし、僕にはこんなことははじめてだったし――あ、君がはじめてじゃないなんて言ってるんじゃなくて――」

「ジュリアン!」このおろおろしている男が、いつもそつのないジュリアン・ウェインライトと同一人物とは思えなかった。「なにを言ってるの?」

ジュリアンはふうっと息を吐いた。「助かったよ、君が止めてくれて」

そのあとに襲った沈黙は、ジュリアンのわけのわからないおしゃべりよりもさらに居心地の悪いものだった。

ディー・アンは必死にいちごをのみ下した。いちごと同じくらい顔が赤くなっているのではないかと恐れながら。

「ベッドから下りる間、トレイを持っていてあげようか?」とうとうジュリアンが言った。

「まだ食べ終わってないわ」いったいどういうつもり? バスルームまでついてくる気なのかしら?

「悪かったよ。さめないうちにトーストを食べて」

「新聞がないわね」出ていって。早く。

「なにか読みたいなら……これの使用説明書でも読んだらどう？」ジュリアンが検査薬を差しだした。

ディー・アンは顔を真っ赤にして検査薬をベッドの裾《すそ》のほうに放《ほう》りだした。「まだ早すぎるわ」

「でも、薬剤師は、ほんの二、三分でわかると言っていたよ」

「今日はまだむりよ。少なくとも、今週の終わりぐらいまで待たなくちゃ」そう言ってから、ふと大変なことに気づいた。「どこの薬剤師？」

「コーヒーショップの隣のドラッグストアだよ」

「トニーから家庭用妊娠検査薬を買ったの？」

「口髭を生やした、童顔の男のことかい？」

「ああ、どうしましょう」ディー・アンは目を閉じて、そのときの光景を思い浮かべた。トニーはどう思っているだろう？

「その男みたいだね」ジュリアンは検査薬を拾って、そっとドレッサーの上においた。「何度か店に来てくれたから、お返しをしようと思ってさ」

もう絶対ベッドから出ないわ。いいえ、真夜中までここに隠れていて、こっそり逃げだして修道院に入ってしまおう。もしふしだらな女はいれないと言われたら、外国に行ってもいい。

「どうかしたのか？」

「どうかしたのかって？」ディー・アンはうめき声をあげた。「あなた、気でも違ったの？」

「さっぱりわけがわからないよ」

「あのね、ジュリアン、店のウインドウに貼《は》り紙でもしたほうがましよ。ディー・アン・カレンブロックは妊娠しているかもしれません、よく見張りましょうって」

「落ち着いてくれよ。あの男はプロなんだから」

「確かにそうよ。でも、アデレードの息子でもあるわ」ディー・アンの声は悲鳴に近かった。「昔は祖母のところに来ると、よくトニーと一緒に遊んだのよ。デートもしたことがあるわ」またうめき声をあげ、両手で顔をおおう。「教会のミサが終わるころには、町中にニュースが広まってるわ」

　ジュリアンは深いため息をついた。頭に血の上っている女性をなんとかなだめたいと思っている男が、よくつく種類のため息だ。「もっとおもしろい話題がいくつもあるさ」

「ここは小さな田舎町よ。結婚してない人間が妊娠検査薬を買ったら、それこそ格好の話題になるわ」

「だから、僕が買いに行ったんだよ」と、肩をすくめる。「君が使うなんて言ってないよ」

「でも、あなたが使うはずがないのはわかりきってるじゃないの！」

「それはそうだが、僕たちが使うなんてわかるはずないだろう」

「ほかに誰が使うのよ？」あきれたというようにディー・アンが大きく両手を上げた。「テレビや新聞であれだけ大騒ぎされたあとで、祖母の家に二人で逃げこんできたのよ。ロッキー・フォールズの人たちは、ばかでもなければ世間知らずでもないわ。噂《うわさ》はあっと言う間に広がるわ。どうしてこんなことしたの？」

「僕が少しばかりドラッグストアで買い物をしたのが、町のゴシップの種になるとは思わなかったからだよ！」

「買い物を少し？　ほかにはなにを買ったのよ？　避妊具？」

「そのほうがよかったかい？　いまから買ってこようか？」

「やめて！」ディー・アンはジュリアンの腕をつかんだ。「ロッキー・フォールズで避妊具を買ったりしないと約束して！」

ジュリアンが意味ありげな目つきをした。「どこかほかで買ってこいと言ってるのかい？」

「そんなこと言ってないわよ！」

がっかりしたようにため息をつく。「やっぱり」

「いいえ、ちょっと待って。買ったほうがいいかもしれないわ」まじめな口調だった。

「そうよ！　二、三日してから避妊具を買いに行けば、誰も私が妊娠してるとは思わないわ」

ジュリアンが声をあげて笑いだした。「でも、もし妊娠していたら、どうするんだい？」

そう、それがあったんだわ。ディー・アンは罠《わな》にかかったような気分だった。この私がこんな羽目に陥るなんて。なんだかべつの人間になったような気がするわ。

ジュリアンが腰を下ろすと、ベッドが揺れた。彼はディー・アンの手をとって詫びた。

「僕のせいでよけいな心配をさせてしまって悪かったと思ってるよ。なんなら……駆け落ちしてきたことにしたらどうかな」

「そんな嘘《うそ》つけないわ」

「まるっきりの嘘というわけでもないさ。ほら、僕たち結婚したんだよ。ちゃんと証人もいる」

「あれはおふざけよ」

「でも、ロイ・ピーバディは治安判事なんだよ」

「ロイ・ピーバディって誰なの？」

「あの結婚証明書に署名した男さ」

「冗談でしょう」

「残念ながら、違う」ジュリアンが首をふった。

「気分が悪くなってきたわ」トレイを押しのけてベッドを出ようとしたディー・アンをジ

ユリアンが止めた。

「待って。あれはまだ届け出をしていないんだよ。それに、あの証明書がいまでも有効かどうかはわからない」

「それは永久にわかりっこないわ。私が引き裂いてしまったんですもの」喜ぶべきかどうかはわからないが。

「もう一度証明書を作り直さなければならないのは確かだが、問題は、もう一度盛大なパーティを開いてみんなの前で誓いをし直さなければいけないかどうかということだな」

ディー・アンはしみじみとジュリアンの顔を見つめた。「あなたがこんな話をするのは、きっとソーンダースは気にいらないでしょうね」

「そうだな」

「いい弁護士なら、私のような立場の女がどんなにやっかいなことを言いだすかわかってるもの」

「それじゃ、僕を訴えるといい」ジュリアンがほほ笑むと、ディー・アンの心臓がどきどきしだした。

「きっとソーンダースが喜ぶでしょうね？」

「たぶんね。でも、ソーンダースに頼るつもりはないよ。僕は君の望むとおりにする」カーネーションをとり上げてそっとディー・アンの唇を撫《な》でる。

悪い人だわ。わかってるのに、すっかり惑わされてしまいそう。「ひどいことを言ってごめんなさい」

「言われてもしかたのないことを、僕がしたんだ」

「いいえ」とうとう誘惑に負けて、ディー・アンはジュリアンの頬に手をふれた。「あなたはずっと親切にしてくれたわ」

ジュリアンはうつむいてディー・アンの手のひらに唇をつけた。腕までぞくぞくする。ああ、彼が私を愛してくれさえしたら。そう思った瞬間、二人の目が合った。

ディー・アンの鼓動が速くなった。気持ちを読みとられてしまっただろうか？　顔に出ていたのかもしれない。じっと見つめつづけるジュリアンの目に、いつしか警戒するような表情が忍びこんだ。

ディー・アンはゆっくりと手を引いた。

彼女はジュリアンに恋をしていた。そして、ずっとその気持ちと闘いつづけていた。この人を愛してはいけない。彼は私の愛など望んでいないのだ。

もしジュリアンが私を愛してくれていたら、問題はもっと簡単に解決するのに。もしそうなら、私も彼を愛せるのに。

ジュリアンのほうが先に視線をはずした。「今日中にペンキを塗るつもりなら、すぐに始めなくちゃ。先に店に行って用意しておくよ」

形だけのほほ笑みを見せて、ジュリアンは行ってしまった。

彼は私を愛していない。それはわかりきっている。もし愛しているのなら、妊娠検査の結果には関係なく結婚したいと言うはずだ。

それだけではない。ジュリアンは私を愛したいとは望んでいないのだ。彼の目にははっきりそう書いてあった。ジュリアン・ウェインライトは愛情に結ばれた関係など望んでいない。

階段を下りていく足音を聞いていると、涙があふれだした。化粧台の上の検査薬がディー・アンをあざ笑っている。あのなかに、彼女の未来を決める答えが詰まっているのだ。でも、あと数日の間にジュリアンの気持ちが劇的な変化をとげないかぎり、待っているのは彼のいない未来だけだ。


店に行ってみると、もうジュリアンが椅子とテーブルをみんな中央に集めてビニールのカバーをかぶせ終わっていた。

「もう用意できたの？」もっと急ぐべきだったのだが、ジュリアンと顔を合わせる前に気持ちを立て直さなければならなかった。

「あとはカーテンをはずすだけだよ」ジュリアンは椅子から飛び下りて、コーヒー用のカウンターに近づいた。「ほら、ペンキがつかないようにこれを着るといい」差しだされたのは、彼が着ているのと同じ大きなTシャツだった。

「ベルデン・インダストリー・十キロマラソン？」ロゴを読んでから、Tシャツに袖《そで》を通す。「あなたがマラソンをするなんて知らなかったわ」

「四、五カ月やってたんだけど、もうやめたよ。二、三年前カーターと二人で熱中していたときに、カーターがチャリティ・マラソンのスポンサーになったんだ」

「どうしてやめたの？」

「カーターがやたらに競争心を燃やしたからさ。僕が五キロ走ると、彼は六キロ、といった調子でね」ペンキの缶のふたをあける。「カーテンをとってしまうから、これをかきまぜておいてくれるかい？」

ディー・アンはうなずいて刷毛《はけ》をペンキにひたした。

友好的に、でも、特別な感情を示してはいけない。あたりさわりのない会話を続けること。あくまでも礼儀正しく。それが新たな暗黙のルールだった。まるでジュリアンが壁に注意書きを貼りだしたみたいに、それははっきりとわかった。

ディー・アンが少しでも気を惹《ひ》かれたようすを見せると、ジュリアンはさっと身を引く。きっといままで数えきれないほど何度も同じことをしてきたのだろう。ジュリアンは家庭を持ちたいとは思っていないのに、もしディー・アンが妊娠していたら結婚するつもりになっている。それを思うと、ディー・アンはひどく胸が痛んだ。

どうしたら、ジュリアンの防御を崩せるだろう？

どうしたら、私を愛するようになってくれるだろう？

そんなことができるのかしら？　ディー・アンはペンキをかきまぜながら考えこんだ。祖母が帰ってくる前には結果を知っておきたい。とすると、妊娠検査をするまであと五日だ。

五日。ディー・アンの顔にほほ笑みが浮かんだ。とにかく、やってみても損はない。

その日、ディー・アンはなに一つジュリアンに逆らわなかった。歯を食いしばって我慢した。ほんとに趣味がいいわ、とジュリアンを褒め、一生懸命働き、ガルベストンから来たインテリア・デザイナーのグロリアにも礼儀正しくふるまった。

家具屋が新しい家具を運んできて、古い安物の椅子とテーブルを持っていった。日曜日なので割り増しになった配達料金にも、ディー・アンはいやな顔一つ見せなかった。それどころか、にっこり笑って、いい買い物をしたのね、と言ったのだった。

きらきらする真鍮《しんちゅう》のカーテン掛けに深緑色のカーテンを下げた。グロリアを手伝って大きなプランターを運びこみ、一休みする。ジュリアンは家具の位置を直したりして、最後の仕上げにかかっていた。

細かいところまでよく気がつくのね、とまたジュリアンを褒める。

けれど、その日も終わりに近づいたとき、こんなことではジュリアンの気持ちは動かないと、はっきり悟らされた。

二日目、月曜日。〝新しい〟ＫＫコーヒーショップ開店の日だ。噂はあっと言う間に広がり、客が詰めかけた。誰もが模様替えのことを口にした。

驚いたことに、種類を増やしたコーヒーは大当たりだった。予想どおり、値上げに不満をのべる者も少しはいたが、全体とすれば、ジュリアンの改装は成功だった。

ディー・アンはジュリアンの腕前を認め、シャンペンで乾杯しましょうと提案した。ところが、ジュリアンが反対した。妊娠しているかもしれないときはアルコールを避けるべきだと言うのだ。それに、ディー・アンには睡眠が必要だし、彼のほうはまだ書類仕事が残っていると言う。

そして、結局ジュリアンに押しきられた。

「もしこの町をあなたの好きなように変えられるとしたら、どんなふうにしたい？」三日目の火曜日、休憩時間に、ディー・アンはきいてみた。よく耳をかたむけて、私もいいアイデアを出せば、一人でやるより二人のほうがいいと思ってくれるかもしれない。

「おいで。見せてあげるよ」ジュリアンの顔が輝いた。

うまくいきそうだわ。

たちまちジュリアンは〝閉店〟の札を出して、ディー・アンをドアから連れだそうとした。

「だって、まだエプロンをつけたままよ」

「遠くに行くわけじゃないよ」ジュリアンのほほ笑みを見て、ディー・アンはため息をついた。この人の行くところなら、どこへでもついていってしまいそうだわ。

ジュリアンはドラッグストアを通りすぎてブロックの端まで歩くと、足を止めた。

「ほら」と通りを指さす。「この店が全部五〇年代風に模様替えしたところを想像してごらん」

「いまだって五〇年代そのままじゃないの！」

「昔の大通りをそのまま復元したようすを想像してごらんよ。街灯も新しくするんだ。当時そのままのドラッグストア。一セントのキャンディ。ソーダ水売り場。トニーは当時のすばらしいレジスターまで持っているんだよ」

五〇年代を想像しようとしても、ディー・アンの脳裏には、ジュリアンがそのレジスターを見たときの光景のほうが浮かんでしまう。

「それに、ほら、あれ」ジュリアンは向かい側を指さした。「あの建物は修復して民芸品を売る店にできる」

「ちょっと待って、民芸品はもうありふれてるわ」

「じゃ、民芸品でなくてもいい。でも、なにかそういうここにしかないものを売るんだ」

ジュリアンはまたべつなほうを指さした。「あの建物は壊して、土地を駐車場にする」

そちらに目をむけて、ディー・アンはうなずいた。「そうね、あれを壊すのは賛成よ。駐車場にはぴったりの場所だし。その隣は展望台のある公園にできるわ」少しずつディー・アンは、ジュリアンの熱心さに引きこまれていた。

「そうとも。あの建物がなくなれば、なに一つ邪魔されずに滝の眺めを楽しめる。きっと評判になるよ。あのあたりを少し歩いてみたんだが、劇場とレストランを作るのに理想的な場所だよ」

「つまり、ディナーシアターってことね」

「そういう呼び方はしたくないんだ。ふつうディナーシアターというと、缶詰のコーンと焼きすぎたステーキと落ち目の役者を思い浮かべるだろう？　僕が考えているのは、すばらしいワイン貯蔵室を備えた本格的な欧州風レストランなんだよ。付属の円形劇場では一流のプログラムだけを選んで上演する」

「ほんとうに夢中なのね」ディー・アンは驚いていた。心の底から。それに、自分でもいくつか思いついたことがあった。「そういうすてきな夜をすごしたら、家まで車を運転して帰るのがいやになるでしょうね」

「そのとおりだよ」ジュリアンが嬉《うれ》しそうに笑った。「君のお祖母《ばあ》さんの家、いまはたぶんもう君の家だと思うけど、あそこは朝食つきのホテルにぴったりだよ。寝室が六つもあるし」

「そうね」言われてみれば、実現の可能性がありそうな気がしてきた。

四日目の水曜日、二人はもう一度ジュリアンの思いつきについて話し合った。ディー・アンは彼と装飾の好みが一致するところを見せたかった。彼の生活を快適にしてやれると教えたかった。それが、この日のディー・アンのテーマだった。一緒に部屋から部屋へと見てまわりながら、ディー・アンはそのことだけに神経を集中させた。

ジュリアンの熱意は倦《う》むところを知らず、彼の同意の声がディー・アンに希望を抱かせた。未来のことを語るとき、ジュリアンは何度も〝僕たち〟という言葉を使った。そして、何度も彼女の腕にふれたり、手をとったりした。

それでもやはり、一日の終わりが来ると、ジュリアンはディー・アンに愛を語るどころか、客間に座って町の改造計画に熱中した。

五日目、もう今日しか残されていない。ディー・アンは強行策に出ることにした。ジュリアンがディー・アンのからだに惹かれていることは確かだから、それを利用するのだ。うまくいけば、ディー・アンにとっても歓迎すべき展開だ。

「ずいぶん暑いわね」と言いながら、手で顔をあおぐ。キッチンが暑いのは、八月だというのに、わざと一日中オーブンをつけっぱなしにしていたせいだった。エアコンのヒューズもあらかじめ切ってしまっている。ディー・アンはエプロンをとって、短いショーツ姿になった。ジュリアンが近くにいることを確かめてから、シャツの裾を引きだしてウエストのあたりが見えるようにうまく胸の下で結ぶ。そして、ぐっと両腕を上に伸ばした。

それから、まるで四〇年代のピンナップ・ガールになったような気分で、新しくメニューにつけ加えたブラウニーのできぐあいを確かめた。

ジュリアンはなにも気づかないようだ。あるいは、意識的に気づかないふりをしているのかもしれない。そこで、今度はわざとへらを落とした。「あら！」と、甲高い声を出す。

ジュリアンがふりむいたのを見てから、シャツの胸元がはだけるようにかがみこんだ。そして、誘うような視線を投げかけようと顔を上げると、なんと、ジュリアンの姿は消えてしまっていた。

つぎにブラウニーをとりだすときには、指を〝火傷《やけど》〟した。

「熱っ」と叫んで指を口にふくむ。

「大丈夫か？」サンドイッチの皿を両手に抱えたジュリアンが、いかにも面倒くさそうにきいた。

ディー・アンは、ゆっくりと唇から指を出した。「キスして、治してくれる？」

ジュリアンはまばたきしてから皿をテーブルに下ろした。そしてディー・アンの手首をつかむと、蛇口から流れる冷たい水にひたした。

こうして時はすぎ、夜になった。ディー・アンは濡《ぬ》れたからだで震えながらタオルにくるまり、二階の廊下に立ってジュリアンを待ち受けていた。やっと階段を上る足音が聞こえた。

「きゃっ！」ディー・アンは低く声をあげて、タオルをきつく巻きつけるふりをした。

ジュリアンがごくりとのどを鳴らした。「失礼。もう部屋に入ったと思っていたよ」

なにかをこらえているような、こわばった声だ。うまくいきそうだわ。

ディー・アンはのどの奥から低い笑い声をもらして、少しタオルを下にずらした。これをずいぶん練習したのだ。「石鹸《せっけん》を切らしてしまったから、あなたの部屋に予備がないかなと思ってのぞきに行ったのよ」と、石鹸を持ち上げてみせる。ほんとうは、ジュリアンの部屋には予備などなかった。

なにも言わずに、ジュリアンは一歩わきに寄った。

ディー・アンはのんびりと歩きだした。「私、泡風呂が大好きなの。男の人も泡風呂に入るの？」

「ほかの男のことは知らないよ」

「あなたは？」

「入らない」

「でも、泡風呂って、とっても気持ちがいいのよ」かすかにからだを揺らしながら言う。

ジュリアンの胸が大きく上下した。

「どんな感触だろうって想像したことはないの？」

「ないね」声がかすれていた。

ディー・アンが肩をすくめると、ジュリアンの視線が下に落ちた。ますます脈がありそうだわ。またタオルを少しずらす。「まあ、残念ね」手から石鹸が落ちた。木の床をすべっていく。

石鹸の動きまでは計算にいれていなかった。ただ拾おうとかがみこんで、ジュリアンを誘惑するつもりだった。でも、これが予想外の結果を生んだ。二人が同時に石鹸に手を伸ばし、ぶつかってしまったのだ。

転びそうになったディー・アンがジュリアンにしがみつくと、タオルがはずれて二人の間にはさまれた。

二人ともぎょっとして動きを止めた。

ここまでやるつもりはなかったのだが、起きてしまったことはしかたがないし、考えてみればなかなかいい展開だった。

「すまない」ジュリアンがかすれた声でささやいた。腕にふれている手が熱い。

「いいのよ」

ジュリアンは動かなかった。お願いだから動いてよ！　胸はすっかりあらわになっている。ジュリアンが一歩後ろに下がれば、タオルが足元まで落ちてくれるのに。

どうして動かないの？

仮面のようなジュリアンの顔を見ているうちに、ディー・アンはひどく落ち着かなくなった。

やがて彼の手が腰にふれるのを感じてにこりとする。が、見ると、ジュリアンはタオルで彼女の胸を隠そうとしているではないか。

だめよ！　ディー・アンはまだ彼のシャツにしがみついていた。低いうなり声をあげてシャツの前を引きあけようとする。

ボタンが飛び散り、二人とも息をのんだ。

タオルが落ちたが、もうそんなことはどうでもよかった。目を見開き、唇をぐっとかみしめたジュリアンは、くるりと背中をむけて離れていったのだ。

足音が階段を下り、玄関から外へ出ていった。網戸の閉まる音がした。

一瞬の静寂のあとに車のエンジンの音が響き、少しずつ遠ざかって、やがてすっかり消えてしまった。

11

モーテル・ルイーズ。トラック運転手歓迎。

いまの状況を考えるには最適の場所だ。ジュリアンは暗い部屋の窓辺に座っていた。カーテンをあけたままなので、トラック運転手歓迎というネオンサインが定期的に部屋を薔薇《ばら》色の光で満たす。

人生も薔薇色だったらいいのに。どう見ても、ディー・アンは妊娠してホルモンのバランスがおかしくなっている。こんな状態で、彼女と顔を突き合わせていることにはもう耐えられない。

変化に気づいたのはこの四、五日のことだった。ちょうどそのころからホルモンが作用しはじめたのだろう。まるで神のお告げを聞くようにジュリアンの一言一言にうなずき、昨日は昨日で巣作りの準備を始めた。家の改装をあんなに熱心に計画しているのは、そのためとしか考えられない。口では朝食つきのホテルをやるのだと言っていたが、どう見ても、あれは巣作りをはじめた女性の態度だ。

そして、今日……。思わずジュリアンはボタンのなくなったシャツをつかんだ。ディー・アンは野性そのものの女性になっていた。

ほかのときなら、きっとわくわくし、すっかり誘いにのってしまっていただろう。でも、前に一度ディー・アンの弱みにつけこんでいる。いや、コーヒーケーキの種事件も計算にいれれば、二度だ。もう決して弱みにつけこむようなまねはしない。

そうさ。家庭を持つんだ。ジュリアンは心のなかで独身生活に別れを告げ、ディー・アンを幸せにしようと誓った。

いい面だってあるさ。蜜蜂《みつばち》号ですごしたようなすばらしい夜を、これから何度でもすごせるんだから。

多少は満足を覚えて、ジュリアンはほほ笑んだ。この結婚はそう悪くないかもしれない。

六日目の朝、腫《は》れぼったい目をしたディー・アンは妊娠検査をしてみた。ジュリアンはとうとう帰ってこなかった。

強行策が裏目に出たのだ。もうジュリアンは私に興味をなくしてしまい、もし妊娠していなければ、さっさと離れていこうとしている。

彼は私になんの魅力も感じていない。抱きたいとも思っていない。ましてや、愛してなんかいないのだ。

でも、私はジュリアンを愛している。いまになって、それがわかった。カーターを選んだときにも、ほんとうは半分ジュリアンに恋をしかけていたのだ。きっと傷つくと感じとり、恋をしてはいけないと言い聞かせながらも、結局すっかり深みにはまりこんでしまった。独身主義を標榜《ひょうぼう》しているジュリアン・ウェインライトをどうしようもないほど愛してしまったのだ。

でも、もし彼がプロポーズしても、断るしかない。

サイドテーブルの上に妊娠検査薬をおいて、ベッドに横たわり、天井を見つめる。なんという皮肉だろう。愛していないカーターとは結婚するつもりでいたのに、愛しているジュリアンとの結婚は拒絶しようとしているなんて。

愛はなくても、カーターとなら同じ価値観の上にしっかりした結婚生活を築くことができただろう。結婚にとってだいじなのは同じ価値観を持つことで、愛など必要ではないのだ。

ジュリアンとはあまりにも価値観が違いすぎるが、それでも肉体的には惹《ひ》かれ合っていた。少なくとも、昨夜《ゆうべ》までは。

いったいどこで食い違ってしまったのだろう？　みじめな思い出がよみがえって、ディー・アンは目を閉じた。ジュリアンの前にからだを投げだし、そして拒絶されたのだ。ほかに考えようはなかった。裸の女性が男のシャツのボタンをむしりとったのに、男は背をむけて去っていったのだから、これ以上にはっきりした拒絶はない。

二度とジュリアンには会いたくない。もう二度と。

平らなおなかに両手をおく。妊娠することを何度夢見ただろう？　この夢のために三年間、夫を見つけるための努力をしてきたのだ。

それなのに、なんともぶざまに失敗してしまった。

さあ、いよいよその失敗の度合いを直視するときが来た。ジュリアンが完全にディー・アンの人生から消え去ってしまうのか、あるいはこの先ほろ苦い痛みに耐えて彼との接触をたもっていかなければならないのかが決まるときが来た。

大きく深く息をすって、ディー・アンはゆっくりと検査薬に目をむけた。

たちまち涙があふれだした。


玄関を入ったとたんに、ディー・アンの泣き声が聞こえた。

やっぱり妊娠していたんだ。ジュリアンは階段の手すりを握りしめて一瞬宙をにらんだが、やがて胸をそらして階段を上がりはじめた。

部屋の戸口から、両手を握りしめ枕《まくら》に顔を埋めて泣いているディー・アンの姿が目に入った。

いままでジュリアンは、ディー・アンのさまざまな姿を見てきた。仕事上の手強《てごわ》い競争相手、社交界の花形、料理人、留置場の囚人。子供時代の寝室にいる彼女も見たし、ベッドを共にしたこともあった。幸せそうなディー・アン、勝ち誇ったディー・アン、怯《おび》えているディー・アン、怒り狂っているディー・アン、そして、困惑し、みじめな思いをしているディー・アンを見てきた。

でも、これほど絶望している彼女を見たことはなかった。その絶望の原因が自分なのだと思うと、後悔が突き上げ、こぶしで自分の胸を叩《たた》きつけたいような気がした。

いかに自分が身勝手だったかに気づいて、愕然《がくぜん》とする。いままで、自分の生活のこと、自分の自由が侵されるかもしれないということしか考えていなかったのだ。ディー・アンは子供をほしがっているのだから、妊娠したからといって動揺するとは思ってもいなかった。だが、彼女は子供をほしがってはいたが、僕の子供はほしくなかったのだ。

僕は、ジュリアン・ウェインライトという男は、卑劣なやつだ。

ディー・アン・カレンブロックは非凡な女性だ。彼女と結婚できるなんてとても運がいいんだぞ。なに不自由のない満たされた生活が送れる。子供たちと一緒に。ディー・アンにそう言おう。

「ディー・アン」彼女の肩に手をおいて呼びかける。

ディー・アンは、邪険にその手をふりはらった。「出ていって!」

「いやだ」ジュリアンはベッドの端に腰を下ろした。「僕たち……」

言葉がとぎれた。ディー・アンがベッドの向こう端にからだをずらしたのだ。僕を拒否しようとしている。子供の父親の僕を。

予想もしていないことだった。妊娠していたら結婚しようと何度も言ってきた。まさかディー・アンが反対するとは思ってもいなかった。

ディー・アンを一人で苦しませておくわけにはいかない。ジュリアンは手を伸ばしてディー・アンを抱きしめようとした。

「一人にして！」

「できないよ」もがくディー・アンをなんとか腕に抱く。「静かにして。大丈夫。僕は君と一緒にここにいたいんだ」

「同情なんかしないで。そんなのいらないわ！」

ディー・アンの態度に心を動かされて、ジュリアンがますます腕に力をこめて抱きしめると、やがて彼女はもがくのをやめ、泣き声も静かになった。

「みんなうまくいくよ」ジュリアンは優しくディー・アンの髪を撫《な》でた。必ずそうしてみせる。

「あなたには、わ、わからないのよ」ディー・アンはしゃくり上げた。

いや、わかるさ。「結婚したいんだ。すぐに」

その言葉に、またディー・アンは泣きだした。顔を見なくても、嬉《うれ》しくて泣いているのではないことはすぐにわかった。

「小さな、でも、すてきな結婚式を挙げよう」さらに泣き声が大きくなった。「わかったよ。それじゃ、盛大な結婚式を挙げよう。日数を数えるような人間は放《ほう》っておけばいい」

「だめよ。あなたは私なんか嫌いなんでしょう」

「昨夜のことを言ってるんだろう?」

ディー・アンがうなずいた。よし、一歩前進だ。

「君がほしいから、ここを出ていったんだよ。きみの弱みにつけこみたくなかったんだ」

「どうしていまは、その決心を変えたの?」

顔を見られなくてよかった。いまの僕の顔には自己嫌悪が浮かんでいるのだから。「変えてなんかいないさ。君が結婚を承知するまではこのままだ」

ディー・アンはティッシュをとって鼻をかみ、またジュリアンの胸にもたれた。腕のなかにすっぽりとおさまる彼女の感触が、ジュリアンにはとても心地よく感じられた。破れたままのシャツの胸がはだけ、素肌をディー・アンの髪がくすぐる。

「うまくいくはずがないわ」

一瞬ジュリアンは、なんのことかわからなかった。でも、すぐに結婚のことを言っているのだと気づく。「いや、うまくいくさ」

「あなたは結婚なんかしたくないんでしょう?」

巧妙な質問だった。「前はしたくなかったよ。でも、いまはしたいんだ」ジュリアンは、本心からの告白らしく響くことを願った。いまは、それが本心だった。これまでは結婚についてまじめに考えることをせず、曖昧《あいまい》なままに引きのばしてきたのだ。

「そんなはずないわ」ディー・アンが首をふった。のどを彼女の髪にくすぐられて、ジュリアンは思わずほほ笑む。「プロポーズしたのは、ただ――」

「しーっ」プロポーズの理由は二人ともよくわかっている。それがディー・アンには気にいらないのだ。「僕の行動は正しかったけど、理由が間違っていたのは認めるよ」ディー・アンがひどくおとなしくなった。よし、この方向は間違っていないぞ。ジュリアンは勢いづいて言葉を続けた。「ロッキー・フォールズに来てから、いろいろ考えたんだ。どうやら、あのとき渚《なぎさ》で結婚を承知したときから、僕はまじめに結婚というものを考える気になっていたようなんだ」

「あのときは、酔っぱらっていたんでしょう」

それほどひどく酔ってはいなかった。でも、いまそれをとやかく言うつもりはなかった。

「つまり、潜在意識が結婚を承知したんだから、知らないうちに僕は結婚したくなっていたんだと思うよ」

「その潜在意識が私の潜在意識を誘惑したのね」

ジュリアンはほほ笑んだ。「そうさ。ほんとうは惹かれ合っていたんだよ。だから、潜在意識の邪魔をするのはやめようよ」ディー・アンがくすくす笑うと、ジュリアンはここぞとばかりに話を進めた。「カーターとニッキーがよりを戻したからには、これからベルデン・インダストリーも変わっていくだろう。もう僕は余計者かなという気がしているんだ」

「そのことを二人に話したの？　あの二人はあなたを邪魔者あつかいするような人たちじゃないわ」

「それはわかってるよ……でも、そろそろ僕もつぎの行動を起こすときかもしれない。ものすごく興味を引かれている分野があるんだけど、カーターは全然興味を示さないんだ」

「どんな分野なの？」

ジュリアンはためらった。ディー・アンの意見をとても重大なものとして考えている自分に気づいたのだ。「レストランだよ。自分でレストランを経営してみたいんだ」

「まあ、偶然だわ。私、いい売り物を持ってるの。格安の」

ジュリアンは笑った。「いや、最初から自分で建ててみたいんだよ。いい駐車場になると言っていた土地のこと、覚えてるだろう？」

「滝を眺められる土地のこと？」

ジュリアンの目には、もう建物の全容が浮かんでいた。「あそこに一流のシェフがいる高級レストランを作りたいんだ。付属の劇場では、本格的な演奏や演劇だけをやる。講演会もいいかもしれない。出し物を決めるのも楽しみだよ」

「でも、なにもないところにレストランだけぽつんと作っても、人が来るかしら？」

「そこが問題の核心なんだよ。僕は、このあたり全体を人々が週末に余暇を楽しみに来る場所にしたいんだ。君と一緒に」

「まさか」

信じられないというようなディー・アンの声の響きが、ジュリアンを苛立《いらだ》たせた。「ずっとそう言ってるじゃないか」

ディー・アンが顔を上げた。

「ここに、ロッキー・フォールズに住むつもりだというの？」探るようにジュリアンの顔を見つめる。

ジュリアンはディー・アンの目を見つめた。いまこの瞬間まで自分でも気づかなかったが、心の底からこの町で暮らしたいと思っていた。あの未開発の土地を見たときから、ずっとレストランの計画を考えつづけていたのだ。でも、もしかしたらディー・アンはずっとガルベストンにいたいのかもしれない。「子供を育てるには理想的な場所だろう？」

「子供ですって？　まあ、ジュリアン……」

ディー・アンがまた泣きだしそうな顔になった。

泣かせてはいけない。「これでもまだ、僕たちの結婚はうまくいかないと思うかい？」

ディー・アンの太股《ふともも》を撫でる。彼女はゆったりしたナイトガウンを着て、鼻を赤くしていた。とても魅力的だった。

「だけど……」

ジュリアンの手の動きがわずかに大胆になった。

ディー・アンが驚いたように眉を上げた。「なにをしてるの?」

「結婚を承知させようとしてるんだよ」ディー・アンの腰にふれる。下着をつけている。下着なんかつけていなければいいのに。いや、なんとかできるさ。

「どうしてこんなことで私が結婚を承知するの?」下着のレースを引っ張るジュリアンの手を押しやる。

「僕たちの相性がすごくいいってことを、思いださせてあげようとしてるのさ」と言って、キスをする。例のホルモンを目ざめさせるんだ。

ディー・アンのからだは柔らかく温かで、肌は絹のようになめらかだった。ジュリアンのからだが目ざめる。違うよ、僕が目ざめさせたいのはディー・アンのホルモンだ。ジュリアンは自分のなかの性衝動にむかって言い聞かせた。

ディー・アンがむりやり唇を離した。「ジュリアン、本気なの?」呼吸が荒くなり、ふれなば落ちんといった風情だ。

そう、本気だとも。ジュリアンのホルモンが叫んだ。「そう、本気だよ」ジュリアンはホルモンの叫びどおりにくり返した。

「だって、昨夜、あなたは――」

「昨夜……」昨夜の行動の埋め合わせをするためには、相当に頑張らなくてはならないぞ。「昨夜は、高潔の騎士を気どっていたんだよ。もう忘れてくれないかな?」

破れたシャツを指さす。「むりよ」

「僕が忘れさせてあげるよ」あっと言う間にジュリアンはシャツを脱ぎ捨てた。そして、まだ靴をはいたままだったことに気づいて、これも脱ぎ捨てる。と、片方の靴が部屋の隅まで飛んでいった。

ディー・アンが声をあげて笑いだしたので、緊張感はほぐれたが、かわりにムードもだいなしだった。

結婚を承知させようと女性を口説くのがいくらはじめてでも、これはまずいということぐらいはわかる。「なんだかオーディションに失敗したような気分だよ」

まだ笑いながら、ディー・アンがきいた。「なんのオーディション?」

「君の夫のオーディションさ。すばらしいセックスで君を籠絡《ろうらく》しておいて、そのあとでまたプロポーズするつもりだったんだ」

気分を害したような声が答えた。「むだよ」

ジュリアンはため息をついた。肝心なときになると、まるで十代の少年みたいに不器用だ。

「ジュリアン?」

「ん?」ジュリアンは必死につぎの手を考えていた。なにか道はあるはずだ。

ふと気づくと、なにかが彼をくすぐっている。ディー・アンの足だ。

爪先が、腰のあたりの一番感じやすい部分をくすぐっていた。「ヨットでのことを覚えていれば、少しは判断がつくかもしれないけど、私、この間のときどんな感じだったのか、まるで覚えていないのよ」

「記憶をとり戻したいと言ってるのかい?」ジュリアンは足をつかまえて、ふくらはぎをそっと撫でた。

「あなたのほうはどう?」青い目が誘惑するようにきらきらと光る。

二度目のチャンス。すばらしい女性だ。

「ぜひそうしたいよ」なんだかふしぎな感覚だった。いままでセックスというのはただ楽しみ、味わうべきもので、一時の恋はいい思い出だけを残して終わるものなのだと思っていた。

でも、これは一時の恋じゃないし、ディー・アンはあのときのことをなにも覚えていない。

だが、ジュリアンは覚えている。

足を放すと、ジュリアンはディー・アンのあごをなぞって最後の涙の痕跡《こんせき》を消した。

「あのときのようすを教えてちょうだい」ディー・アンがほほ笑むのを見て、ジュリアンはほっとからだの力を抜いた。

きっとすばらしいひとときがすごせる。

二人とも。

「まず状況説明をして、君の動機をはっきりさせないとね」

「もうわかっているような気がするけど」ジュリアンの胸に指を走らせる。

ジュリアンがその指をとらえて唇に運んだ。「いや、ほかにもあるんだ」

「そうかしら？」ディー・アンの視線が値踏みするようにジュリアンのからだを探った。

ああ、ジムでさんざんからだを鍛えたかいがあったな。ジュリアンはディー・アンのわきに寝そべると、片方の肘を突いた格好でディー・アンを見つめた。「結婚式の客の一人が君とニッキーをくらべて批評するのを、運悪く君が聞いてしまったんだよ」

「どんな？」

「ひどい暴言だった」キスしようとしたが、ディー・アンが顔をそらしたので耳にふれてしまった。それも悪くはない……ジュリアンは耳たぶをかんだ。ここも感じるはずだ。

「で、どんなことなの？」

話さなければ、先へは進めそうもない。「君がやたらに淑女ぶってるってさ。でも、幸せなことに、僕はそうじゃないって知ってるんだ」

「で、私はその言葉に反発して、服を全部海に脱ぎ捨てたのね？」

「ほかにもいろいろやったけどね」月明かりのなかでストリップショーを演じたディー・アンの姿を思いだす。その姿は、いつもジュリアンの脳裏につきまとっていた。

「じゃ、そこからはじめたほうがよさそうね」

ジュリアンがはっとしたときには、もうディー・アンはベッドのわきに立ってナイトガウンを脱ぎ、彼の頭ごしに放り投げていた。

身につけているのはレースの下着だけだ。でも、つけていてもなんの役にも立たないくらい、すっかり透けて見える。

ディー・アンはそれも脱ぎ捨てた。

「どう？」ジュリアンの顔を見下ろして、にっこり笑う。「鏡で自分の顔を見てごらんなさい」

蜜蜂号ですごした夜と同じように、ジュリアンは息もできなくなった。

「きれいだ」と、あえぐように言う。あのときもいまも、その言葉だけではたりないような気がした。あのときは月の光が肌を銀色に照らしていた。いまは、ピーチカラーのカーテンを通して差しこむ朝日が肌とたわむれている。

あの夜と同じように、いまもジュリアンはただ見つめていることしかできなかった。

ディー・アンが近づいた。「で、それから私はこうしたの？」ジュリアンのベルトをはずす。

「そうだ」声がかすれていた。「もっとたくさんキスしたけどね」

「それじゃ、そのとおりにしましょう」とささやいて、ジュリアンににじり寄る。

ジュリアンは両手でディー・アンの顔をはさみ、まぶたと鼻と、そして唇にキスをした。

ふたたび腰にディー・アンの手を感じる。

「前にも、私はこうしたのね？」

「そうだよ。そうやって、僕の財布をなくしてしまったんだ」

ディー・アンはくすくす笑い、ズボンも下着も一緒に脱がせながら、同時にキスもしようとした。最後は足を使って、ジュリアンの足首までズボンを引き下げる。

「それから、どうしたの？」

「僕が自分でズボンから足首を引き抜いたんだ」そのとおりにしてから、ディー・アンのほうに手を差しのべる。

ディー・アンは歓喜の表情を浮かべて彼の手をかいくぐり、ズボンをベッドの下に投げ捨てた。

「それからこうしたの？」

「まあそんなところだね。あのときは、服のことなんかちっとも気にならなかったよ」そして、いまも気にしてはいなかった。ジュリアンはディー・アンを抱き上げた。「こうやって君を運んだんだ」

「キャビンまでずっと？　どうやってあの狭い階段を下りたの？」

あの階段を思いだしたら、イメージがだいなしになってしまう。「さあて、運ぶぞ」

ジュリアンがディー・アンを抱いて部屋を歩きまわり、とうとう二人とも声をあげて笑いだした。でも、笑いはすぐにべつのものに変わっていった。

ジュリアンはまるで壊れ物でもあつかうようにそっとディー・アンをベッドに横たえた。

「必ず君を幸せにするよ」そうつぶやきながら、おなかのあたりを愛撫《あいぶ》する。

「そこじゃ、だめよ」ディー・アンがささやいて、彼の手をもっと下にずらした。

ジュリアンはぴたりと寄りそい、ディー・アンの感触、肌から立ち上る香り、そして唇を味わった。

ディー・アンの愛撫、快感を感じたときの彼女の小さなうめき声が、ジュリアンを興奮させていく。

「ジュリアン……」

名前を呼ぶディー・アンの声がジュリアンを包みこむ。「ここにキスされるのが好きなんだね？」

「からだ中全部にキスされるのが好きよ」

「わかってる」

ディー・アンが少しからだを離してジュリアンの顔をのぞきこんだ。「前のときでわかったの？」

陶然としたほほ笑みを浮かべて、ジュリアンが答えた。「そう、手は使わなかったからね」

ディー・アンも同じほほ笑みを浮かべる。「私は使ったかもしれないわね」

ディー・アンの手がジュリアンを愛撫し、もう片方の手で彼の頭を胸に引き寄せた。彼は円を描くように舌で胸を愛撫し、ディー・アンを見上げてほほ笑んだ。「コーヒーケーキの生地がついてなくても、いい味だよ」

「あの日は途中でやめなくちゃいけなかったわ」ディー・アンは目を閉じた。「でも今日は大丈夫よ」

ジュリアンがゆっくりと正確な動きで魔法の時間を紡ぎだしていく。やがて、ディー・アンは我慢できないというように彼を引き寄せた。「まだだよ」ジュリアンはささやいて、わき腹の特別に敏感な肌に唇をつけた。まだまだ、これからだ。「あの夜は、たっぷりと前置きを楽しんだんだ」

「あのときはそうかもしれないけど、いまはもうだめよ！」ディー・アンが言った。

命令的な言い方をするディー・アンはすてきだった。彼を引き寄せ、両脚を巻きつけるディー・アンもすばらしかった。

けれど、二人が結ばれた瞬間は、それ以上にすばらしいものだった。むさぼるように唇を合わせると、二人の心が燃え上がっていくのがわかる。ジュリアンはこうした瞬間にはいつも少しためらいを覚えるが、いまだけは、なんのためらいも感じなかった。

ジュリアンが恋の名手という評判をとっているのは、つねに女性の気持ちに気を配っているせいだった。確かに彼自身も楽しんでいたが、すっかりわれを忘れることは決してなかった。

だが、いまのジュリアンは、もしここでほんの少しでも冷静になろうなどとしたら、なにかとてつもなくすばらしいもの、とてもだいじなものをつかみそこねてしまうとわかっていた。

ディー・アンがどんなに激しく身もだえしているかにも気づかなかったし、名前を呼ぶ彼女の声にも気づかなかった。どこにいるのか、自分が誰なのかも忘れてしまっていた。

長い長い時間がすぎて、とうとうジュリアンの腕が震えた。彼は大きく息をすい、震える息を吐いた。「こんな経験ははじめてだよ」茫然《ぼうぜん》として言う。

「私、どうしてこんなすばらしいことを忘れられたのかしら?」ディー・アンがジュリアンの首筋に顔を埋めてささやいた。

ジュリアンは彼女の髪に頰を寄せた。こんな経験をしてしまったあとでは、もうほかの女性では満足できない。「どんな気持ち？」

「からだ中が燃えているみたい」

「僕と結婚する気になった？」

「いや、と言ったら、もう一度説得してみる？」

「イエス、と言って、お祝いするのはどうだい？」

「いいわ」ディー・アンはすぐに答えた。「お祝いしましょう」

僕はなんて幸運な男なんだと考えながら、ジュリアンはディー・アンの額に唇をつけた。

「それだけじゃ、お祝いにならないわ」

ジュリアンは笑いながらからだを伸ばして、ディー・アンを引き寄せた。「もう一度火をつける前に、少し熱をさまさなくちゃ」

「急いで。私はもう用意ができてるわ」

まったく、妊娠したときのホルモンの働きは相当なものだな。「子供が生まれたあとでも、そうだったらいいな。ときどき哀れな話を聞くからね」

「そうね。でも、そんな心配をするのはもっとあとでいいわ」ディー・アンはため息をついた。「結婚式は秋でいい？　十一月ぐらい。それとも、一月ぐらいまで待ったほうがいいかしら？」

「そんなに引きのばしたいのかい？」いまでももう結婚式から子供が生まれるまでの時間

を考えたら、後ろ指を指されそうなのに。

「ばかげてるのはわかってるけど、カーターとの結婚式がだめになったでしょう？　だから、ちゃんと教会で結婚式を挙げて、みんなにこの春のできごとを忘れさせたいのよ」

「もっと早くても、できるじゃないか」

「でも、結婚式の計画には時間がかかるのよ。私は経験ずみだもの。いろいろ考えると、十一月でも早すぎるわね。やっぱり一月にしましょう」

ジュリアンは髪を撫でつけた。「君はまるで気にしていないようだけど、花嫁があきらかに妊娠してるとわかるのは少しまずいんじゃないのかな？」

ディー・アンはあっけにとられた顔をした。「だって、ジュリアン、私はまだ妊娠してないのよ」

12

ジュリアンのからだがこわばった。「どういう意味だい？　妊娠してないって」その言葉が、二人の輝かしい未来を脅かす暗雲のようにあたりに立ちこめた。

「妊娠検査の結果が陰性だったのよ」まだそのままサイドテーブルの上においてあるのに。気づかなかったのかしら？

「陰性？　確かなのか？」

ディー・アンはうなずいた。

ジュリアンがからだを起こして、プラスチックの細い器具を手にとった。「陰性」と、抑揚のない声でくり返す。

なんだかがっかりしているみたいだ。心の底から。こんな幸せが待っているなんて、ディー・アンは予想もしていなかった。ジュリアンは、ほんとうに心の底から結婚したい、家族を持ちたいと望んでいるのだ。彼女はさらにジュリアンにからだを寄せた。

「でも、君は泣いていたじゃないか」

「もちろんよ。もう二度とあなたに会えないと思ったんですもの」

「で、ほんとうに妊娠していないんだな?」ジュリアンはずいぶんこだわっているようだ。きっとあまりにも長い間独身生活に固執してきたから、なかなか頭が切り替えられずにいるのだろう。「いまのところはそうだけど、でも」ディー・アンはジュリアンの腰に両腕を巻きつけた。「今度はできたかもしれないわよ」

ジュリアンがぎょっとしたように彼女を見つめた。「ああ、なんてことだ」

「どういう意味?」ディー・アンもからだを起こした。

「君は妊娠していなかったんだ」

「がっかりしないで。さっきの——」

ジュリアンがわりこんだ。「君はなんの予防措置も要求しなかった」

「前のときだって、そうだったわ」とうとう声に苛立《いらだ》ちがにじんだ。

「そのおかげで、地獄のような経験をしたんじゃないか!」

たったいま、すばらしい愛の行為を共にした男性はどこへ行ってしまったの? ディー・アンはシーツを引き上げた。「でも、今度は違うわ。結婚するんですもの」

「結婚」ジュリアンの顔が凍りついた。「そうだった」歯を食いしばって目を閉じる。

「ジュリアン?」

目をあけたジュリアンを見たとき、ディー・アンははっと息をのんだ。まるで鋼のよう

った。

「わかっていたのに、すっかり罠《わな》にはまってしまったんだ」ジュリアンは宙を見つめて言
「とっくにわかっていたはずよ」どこかで、なにかが食い違っている。

「それが、君の望んでいたものだったんだな?」

に厳しく、冷たい目だった。

「罠なんかしかけてないわ、ジュリアン」

「妊娠したように見せかけたじゃないか」

「そんなことしてないわよ！　あなたがかってにそう思いこんだんでしょう」

でも、ジュリアンは耳を貸さなかった。「君が、社長と新婚旅行に出かけることで、べルデン・インダストリーを乗っとろうと計画していた女だということを、すっかり忘れていたよ」

ディー・アンの顔が赤くなった。そう、ほんとうのことだった。冷酷に響くかもしれないが、いまとは状況が違っていたのだ。カーターとディー・アンとは、愛し合っていたわけではない。ディー・アンとしては、二十年間はカーターが自分を捨てたりせず、二人ぐらいは子供を育てられるという保証が必要だった。

「昔もいまもみごとな手際は変わってないな」ジュリアンはベッドを出て服を着はじめた。

こんな口論の最中だというのに、彼の引きしまった長身に見とれてしまう。「結婚しよ

うと言い張っていたのは、あなたのほうよ。私は検査の結果が出るまで口にしたこともなかったわ」

「それは、君が僕という男をよく知っていたからさ。僕が結婚を申しこむのはわかっていたんだ」

「私はいやだって言ったじゃない！」

ズボンのファスナーを上げる。「君はなかなかうまくやったよ」

ディー・アンはあっけにとられた。「いったいどうしたっていうの？ ついさっきまで、レストランや劇場を作る話をしていたじゃないの。ロッキー・フォールズを再開発する計画はどうなったの？」声がうわずった。「子供を育てるには理想的な土地だって言ったわ！」

「子供が生まれると思っていたからさ」柳材の揺り椅子に座って靴下をはく。

「でも、これから生まれるかもしれないわ」

「でも、まだ妊娠してないんだろう？」立ち上がり、靴をはく。「レストランは、この僕が」と、胸を叩《たた》く。「やりたいと思ったときにやるんだよ。状況に迫られてしかたなくやるのはいやだ」

「じゃ、しばらくは子供を持つのは待ちましょう」

ジュリアンは破れたシャツを持ってベッドに近づいた。「でも、もう僕をあてにしないでくれよ」

いまのジュリアンは、もうすっかり他人の顔になっていた。ディー・アンは目をそむけた。

「執行猶予だ」ジュリアンの声は硬かった。「もう一度もとに戻るチャンスを与えられたんだ」

「でも、私は……」あなたが子供をほしがっているのだと思っていたわ。私と結婚したいのだと思っていたわ。私と一緒に生活を築いていきたいのだと思っていたのよ。

あなたが私を愛していると思っていた。

でも、どちらも愛しているとは言わなかった。いまになってジュリアンを愛していると認めるぐらいなら、舌をかみきってしまったほうがいい。

「僕が生活を根こそぎ引っくり返されるのを喜ぶと思っていたのかい？　コメディ風のホームドラマみたいな君の理想の生活を実現するために？」

「出ていって」ディー・アンは、ドアを指さした。「この部屋から、この家から出ていってよ。すてきなマンションとワイン・コレクションの待っているガルベストンに戻って、あなたの好きなように生きていけばいいわ」

「そうするさ」ジュリアンはドアにむかった。「だが、今度妊娠検査するときにはまた戻ってくる」

「わざわざ来ることないわ。どっちにしても、なんの違いもないんだから」

ジュリアンはドアのそばで立ち止まった。「いや、違いはあるさ。妊娠していたら、僕は結婚する」

「私の子供に、あなたみたいな父親を押しつけるつもりはないわ」

「僕の子供だぞ」

もう昼になってから、やっとディー・アンは店のことを思いだした。それも、心配したアデレードが電話をかけてきたからだった。

ディー・アンはサンドイッチを作りながら、アデレードに気分が悪いのだと話した。

「かわいそうに。ソーダクラッカーを少し食べるといいわ」アデレードが棚に手を伸ばした。

「ありがとう。でも、おなかがすいてないの」ディー・アンはむりにほほ笑みを浮かべようとした。

「もちろんそうでしょうね。でも、時間が解決してくれるわよ」アデレードはクラッカーをのせた皿を手わたした。「それに、精をつけなくちゃ。赤ちゃんのために」

赤ちゃん。ディー・アンの目に涙があふれた。妊娠していると思われているのだ。

「あらまあ」アデレードはシナモンのにおいのする手でディー・アンを抱きしめた。「あなたのいい人はなんて言ってるの？」

　妊娠していないのだと言おうとしても、出てくるのは涙だけだった。ディー・アンの〝いい人〟はもう行ってしまったのだ。

　カトリーナとルイーズとブリギッタが帰ってきたとき、ディー・アンはまだ泣いていた。

「いったいなにごとだい？　ちょうどいいところに帰ってきたようだね」

「ああ、お祖母《ばあ》ちゃま！」ディー・アンはアデレードから離れ、今度は祖母に抱きついた。

「ほらほら、どうしたの？」

「ディー・アンのいい人が妊娠検査薬を買ったんですって。トニーが言ってたわ」ディー・アンより先に、アデレードが答えた。

　いっせいに「まあ」という声がもれ、ディー・アンは早く誤解をとかなければとあせった。でも、今朝のテストの結果は陰性だったけど、またテストしなければならなくなったなんて、どうやって説明したらいいのだろう？

「おまえだけを残していったのが悪かったよ。私のせいだ」カトリーナが言った。

「違うのよ」ディー・アンは身を起こした。小さな祖母にしがみついていたので、背中が痛んだ。「お祖母ちゃまはわかってないんだわ」

「おまえが目を腫《は》らすほど泣いてて、あの男がいないということはわかってるよ。どこに行ったの？」

ディー・アンは大きく息をすいこんだ。「私は妊娠なんかしてないわ」だといいけれど。

「それと、ミスター・ウェインライトはガルベストンへ帰ったの」

とりあえずキッチンのテーブルにむかってみんなが腰を下ろすと、ディー・アンはこれまでのことをなにもかも打ち明けた。ただ、もう一度妊娠検査薬を買わなければならないことはのぞいて。

「で、あの男はもうおまえと結婚したくないと言うのかい?」話が終わるとカトリーナは言った。「だって、おまえを愛してるのに!」

ディー・アンは首をふった。愛してなんかいないわ。

「あの男の目を見ればわかるよ」カトリーナがディー・アンの肩を叩いた。「ただ、まるで知らない生活に踏みだすのを怖がってるんだよ」

ほかの女たちも一様にうなずく。

「それに、この店の模様替えを見てよ」アデレードが言った。「これはね、恋をしている男のすることだわ」

「戻ってくるよ」カトリーナがきっぱりと宣言した。

「で、いつ戻るんだ?」ジュリアンがずるがしこいディー・アン・カレンブロックの話を終えると、ソーンダースがきいた。

ジュリアンは郵便物を選《え》り分けていた。「二週間後だ。もう必要ないという電話があればべつだが」だが、電話がかかってくるとは思っていなかった。ディー・アンがガルベストンに戻ってこようがロッキー・フォールズにとどまっていようが、必ず居場所を突き止め、顔を突き合わせて話をするつもりでいた。

郵便物の半分を屑《くず》かごに放《ほう》りこみ、デスクの端に腰かけていたソーンダースを押しのける。

ソーンダースはジュリアンの書類箱をかきまわして、一冊のフォルダーをとりだした。

「これがロッキー・フォールズの土地に関する書類だよ。どうするつもりなんだ?」

ジュリアンはじっとフォルダーを見つめた。土地を買ってレストランを建てるつもりでいたのだ。でも、それはあそこに住まなければならないと思っていたときのことだ。

「持ち主は乗り気になってる。けっこう安く買えるぞ」

ソーンダースをちらりとにらんでから、ジュリアンはフォルダーをまた箱に返した。

ソーンダースが両手をポケットにいれた。

「お説教するつもりなら、さっさとやってくれ」ジュリアンはうめくように言った。

「丘陵地帯に新たな観光のメッカを作りたいという話を長々と聞かされたのは、つい先週のことだぞ」

「ソーンダース、親友なら、二度とその話は思いださせないでくれ」

「だが、ディー・アンと結婚しなくたって、土地の開発はできるじゃないか」

ジュリアンは大きなため息をついた。「だが、結婚することになるかもしれないんだ」

「そのときはロッキー・フォールズを開発するのかい？」

「僕は……」ジュリアンは革張りの椅子に身を沈めて額をこすった。

ソーンダースがデスクにこぶしをついて身を乗りだした。「おい、教えてやろうか？僕はディー・アンが好きなんだ。そして、君は彼女に対してそれ以上の感情を持っている」そう言って、にやりと笑う。「彼女を愛していて、それを怖がっているんだ。認めろよ」

「君は頭がおかしいんだよ」

「僕が？　それなら、どうしてまたディー・アンは前と同じ状態に戻ったんだ？」

「もう妊娠してると思ったからだよ！」

「彼女がそう言ったのかい？」

「いや」ジュリアンは目をそむけた。

「君はディー・アンが妊娠していればいいと思っていたんだ。そうすれば〝強要〟できるからな」ソーンダースは指をふりながら言った。そのせいでジュリアンがいらいらすると充分承知した上でのことだ。「結婚を」

「ばかばかしい」

「いや、賭《か》けてもいい。君は彼女を愛していて、その自分の気持ちを怖がっているんだ」

「違う！」

「ジュリアンは恋をしている」ソーンダースが嬉《うれ》しそうに笑いだした。「ああ、頑固な独身主義者がとうとう陥落したぞ」

「おい、ほかに仕事はないのか？　裁判とか」

「それはいいアイデアだな」ソーンダースがにやりと笑ってドアにむかった。「ディー・アンに電話して、僕を代理人に立てる気がないかどうかきいてみるよ」

「僕とディー・アンと両方の代理人はできないんだぞ！」ジュリアンが叫んだときには、もうソーンダースの姿は消えてしまっていた。


「お客さんだよ」カトリーナがディー・アンに言った。「カプチーノにしてくれって」

祖母はカプチーノの器具にはさわろうともしない。それも当然だろう。店を続ける気はないのだから。

やっとディー・アンもそれを信じるようになっていた。もう店をあけておく理由はないのだ。それなのに、どうして毎日朝五時に起きて一日中働きつづけているのか、ディー・アン自身も不思議だった。

でも、ほかにどうすればいいのかわからないのだ。

父親の会社には戻りたくなかった。

ガルベストンに戻るのもいやだった。

このままここにいて、永遠にKKコーヒーショップをやっていくことになるのかもしれない。

タオルで手を拭《ふ》きながらスウィングドアを通って店に出たディー・アンは、その場で足を止めた。

ジュリアンがカウンターに座っていた。

目が合う。

「あなたの器具を持って帰ればいいわ」ディー・アンはそう言い捨ててキッチンへ戻った。

そのまま裏口から外へ出ようとした彼女を、祖母が引き止めた。

「ディー・アン、ちゃんと話し合いなさい」

「話すことなんかないわ」

「だけど、愛してるんだろう?」

「それは彼も知ってるわ。でも、どうにもならないのよ」

「ちゃんと愛してると言ったのかい? 言ってないだろう?」

確かに言葉にはしなかったが、ジュリアンにはわかったはずだ。それに、もう愛しつづけるつもりはない。病気と同じように、いまの心の痛みもきっといつか癒《い》えるだろう。

だが、裏口には、その病気の原因が立ちふさがっていた。

「さあ、二人で話をしなさい」祖母が言った。

「話なんかないわ」ディー・アンはきっぱりと言って正面からジュリアンの目を見つめた。

カトリーナが舌打ちした。「いや、あるよ。私は消えるからね。あ、でも、その前にちょっとミスター・ウェインライトを借りてもいいかい？」

「持っていってもいいわよ」

カトリーナがキッチンのドアをあけた。「裏の地下室にじゃがいもがあるんだよ」

「じゃがいもは私がとってくるって言ってるじゃないの」ディー・アンが声をあげた。

「でも、重いからね」祖母が眉をひそめた。

「僕にやらせてください」こんなときに黙っているジュリアンではないのだ。

カトリーナが地下室のドアをあけると、ジュリアンがすぐになかに入り、明かりのスイッチを押す音がした。

「電球が切れているようですね。でも、ドアをあけておけば、なんとか見えますよ」

戸口のわきに立っているディー・アンを残して、カトリーナはキッチンへ引き返していった。

「どの袋を持っていけばいいんですか？」ジュリアンのくぐもった声が聞こえてきた。

「二十キロの袋だよ」戻ってきたカトリーナが叫んで、ディー・アンの手に懐中電灯を押しつけた。「これを持っていっておあげ」

「私が？」

「そうだよ」カトリーナは孫をドアのほうに押しやった。「いまディー・アンが懐中電灯を持っていきますからね、ミスター・ウェインライト」

ディー・アンは戸口から叫んだ。「階段の下まで来てよ。放るから」

「そこに立つと、光がさえぎられてなにも見えないよ」ジュリアンの声がした。

「行きなさい」祖母が言った。「ちゃんとわたさないと、落として壊してしまうかもしれないからね」

ディー・アンが五段も下りないうちに、ドアがぴしゃりと閉まった。彼女は思わず悲鳴をあげ、懐中電灯をとり落とした。

すぐにがちゃんという音が聞こえ、そのあとにジュリアンがなにかぶつぶつ言う声、そして、大きなどさりという音が聞こえた。

「ジュリアン！」

「大丈夫みたいだよ」という声がしたが、あまり力強い声ではなかった。

「ほんとうに大丈夫？」手すりをしっかりと握って、ディー・アンは階段を下りた。「どこにいるの？」

「大きな箱の——あ、痛っ」ジュリアンが答えようとしたのと、ディー・アンが彼の足を踏んでよろめいたのとが同時だった。

固い埃《ほこり》だらけの床にぶつかると思った瞬間、ディー・アンのからだはジュリアンのがっしりした温かな腕のなかに倒れこんでいた。

「ジュリアン！」ディー・アンは彼の腕から逃れようともがきながら言った。「懐中電灯がどこかにあたったの？」

「足だよ。ほら、動かないで」

「でも、あなたの上にのってしまっているわ」

「いいんだよ、そのままで。でも僕を刺激したいのなら動いてもいいけどね。なかなかいい気分だよ」

こんな頭のおかしな人と一緒に地下室に閉じこめるなんて、お祖母ちゃまはいったいなにを考えているのかしら？「言っておきますけど、これは私の計略じゃありませんからね」

ため息が聞こえた。「わかってるよ。僕がしくんだんだ」

「あなたが、こうしてくれって祖母に頼んだの？」

「君が話し合おうとしないときはこうしようって言いだしたのは、君のお祖母さんだけどね」

「だって、話すことなんてなにもないんですもの」

「わかった。でも、僕にはあるんだよ」

「聞きたくないわ」ディー・アンはさらにもがいたが、ジュリアンがますます強く抱きしめた。彼がほほ笑んでいるのがわかる。「ポケットに入ってるのは妊娠検査薬なの？　それとも、私に会えたのをただ喜んでるの？」

「喜んでるんだよ」ジュリアンの手がディー・アンの腰を強く引き寄せた。「心の底から」

ディー・アンは息をのんだ。「やめて！」

「そのましゃべりつづけて。そしたら、君の唇のありかがわかるから」

「放してよ」

「ありがとう。わかったよ」

キスされることになるとわかっていたはずだった。ジュリアンのキスはとてもすてきだ。そう、なにをしても、とてもすてきな人なのだ。でも、そんなことは思いだしたくない。気味の悪い虫がうろうろしている地下室にいるのだということでも考えよう。

ジュリアンが両手でディー・アンの顔をはさんで、唇を離した。

「やめないで。蜘蛛《くも》がいるわ」

ジュリアンがすばやくまた唇をつけ、くすくす笑った。「話し合うまではここを出られないんだよ」

「なんの話をするの？　この間みたいな話はもういやよ」

「わかってる。あんなことを言った僕を許してくれるかい?」

「いやよ」ディー・アンは片手をついてからだを起こすと、べつの手で懐中電灯を探した。なにかが指先にふれた。悲鳴をあげて、ジュリアンの胸にしがみつく。「なんでもいいから早く話して、ここから出して」

「僕と結婚してくれるかい?」

思いがけない言葉だった。「先に妊娠検査をしろと言うのを忘れてるわよ」

「そんなことは、どうでもいいんだ。結婚してくれるかい?」

「いいえ。さあ、これで話は終わり?」

「プロポーズするにはあまりロマンチックな状況じゃないというのはわかってるけど――」

「ロマンチックかどうかなんて、関係ないわ」

「でも、僕は本気なんだよ」

「私もよ。答えは、ノー。さあ、祖母に、ここから出してくれって合図して」ディー・アンはジュリアンから離れようとした。

「まだだめだ。ディー・アン、滝のそばの土地を買ったんだよ。レストランを作るつもりだ」

なにか手ひどいことを言ってやりたかったが、なにも浮かばなかった。「おめでとう。

でも、結婚しないとレストランが作れないわけじゃないわ。ちゃんと近所づきあいはするわよ。もしかしたら、ときどきは食事をしに行くかもしれないわ」

「僕は結婚したいんだ」

もう暗闇《くらやみ》のなかにいるのに、ディー・アンは思わず目を閉じた。どうして運命ってこんなに残酷なの。「ジュリアン、私は妊娠してないのよ」これで、話は終わるはずだ。

「そうか……でも、まだこれからできるさ」ジュリアンの両手がディー・アンのブラウスの縁をつかんだ。

「ここじゃいやよ」

「君が上でもだめかい?」

ため息。「からかってるだけなのはわかってるけど、あんまりあなたのジョークにつきあいたい気分じゃないわ」

「悪かった。君が子供をほしがってるのは知ってるよ」

「そうよ」ディー・アンはジュリアンの胸に頭をもたせかけて鼓動の響きに耳をかたむけ、最後の親密さを味わった。「でも、子供の父親は、私と同じようにその子を望んでいる人じゃないといやなの」

「一ダースも子供がほしいのかい?」

ディー・アンは笑いだした。「二人で充分よ」

しばらく黙ったまま、ジュリアンはディー・アンの背中を撫《な》でた。「二人ぐらいなら、僕でも大丈夫だ」

「あのね、ジュリアン、あなたは私の夢のことを、なんとかって言ったじゃないの――コメディ風のホームドラマだったかしら？　私と一緒にそんな生活をする気がないのはわかってるわ」

「君にはいろいろとひどいことを言ったね。でも、一つだけ言わなかったことがあるんだ」

「なに？」

「君を愛してるよ」

ジュリアンのからだ全体からその言葉が伝わってくる。本気なの？「ひどいわ。愛しているのなら、どうしてあんなふうに私を傷つけたの？」

ジュリアンがため息をついた。「たぶん自分でも怖かったんだと思う」彼は静かに告白した。「あの朝君を抱いたとき、僕は一瞬すっかりわれを忘れてしまった。僕に対してそれほどの力を持った人間がいるということが怖かったんだよ。だから、離れる口実を探したんだ」

ディー・アンはジュリアンの顔が見たかった。扉の割れ目からかすかな銀色の光が流れこんでいたが、はっきりと表情を見ることはできなかった。「それじゃ、いつ愛してると気づいたの？」

「ガルベストンに戻ったあとだよ。ソーンダースに言われてからだ」

こらえようと思うのに、笑いがこみ上げてくる。「自分の気持ちに自分で気づかなかったの？」

「いつかは気づいたさ。ソーンダースのおかげで少し早くなったんだ」

ディー・アンはほほ笑んだ。「なんだかソーンダースが好きになってきたわ」

「きっとあいつが喜ぶよ。でも、一番喜んでいるのは僕だ」

「ソーンダースを結婚式に招待するのを忘れないでね」

「ということは、結婚式を挙げてもいいってことだね。心から愛してるよ、ディー・アン」ジュリアンはまたディー・アンがうっとりするようなキスをした。

「私も愛してるわ」ほうっと息をついて、ディー・アンは言った。「あら、ジュリアン」

「なに？」

「私の脚を撫でているのは、あなたの手なの？」

「違うよ。でも、お望みとあらば――」

「ここから出して！」

エピローグ

五年後。

「アレクサンドラの誕生祝いにサーカスを呼んだというの？」ディー・アンは、ウェインライト・インと名づけた朝食つきホテルの庭で、子象と調教師をあっけにとられて見つめた。

「ほんの小さなやつだよ」ジュリアンがふりむいて小さな男の子を抱き上げた。「象に乗ってみたいだろう、ジョン・ヘンリー？」

「あたしが乗りたいわ、パパ！」たちまち金髪の女の子がジュリアンのズボンを引っ張った。

ジュリアンは娘の前にしゃがんでその目をのぞきこんだ。「そう、おまえが一番先に乗るんだよ。おまえの誕生日なんだからね」

「やったあ！」アレクサンドラが飛び上がって手を叩《たた》いた。「早く乗りたい！」

「よし、じゃ、乗せてあげよう！」

ディー・アンは笑いながら首をふった。「あなた、子供たちを甘やかしすぎよ、ジュリアン」

ジュリアンは眠っている赤ん坊を抱いたディー・アンに優しくキスをした。「そうさ、君たちみんなを甘やかすのが大好きなんだよ」

そう、頑固な独身主義者だったジュリアン・ウェインライトはすっかり家庭的なパパになった。

そう思ったとき、ふとディー・アンは昨夜《ゆうべ》のジュリアンを思いだした。

家庭的だけど、野性味をなくしてしまってはいない。

まさに理想的な夫だった。

●本書は、1997年8月に小社より刊行された作品を文庫化したものです。

一夜の代償

2006年8月1日発行　第1刷

著者　ヘザー・マカリスター

訳者　岡　聖子（おか　せいこ）

発行人　ベリンダ・ホブス

発行所　株式会社ハーレクイン
東京都千代田区内神田1-14-6
03-3292-8091（営業）
03-3292-8457（読者サービス係）

印刷・製本　凸版印刷株式会社